Franziska König

Verhaltensstörung

Erinnerungen

Meiner lieben Mutter!

TWENTYSIX – Der Self-Publishing-VerlaEine Kooperation zwischen der Verlagsgruppe Random House und BoD – Books on Demand
© Juli 2020 by Franziska König
Titelbild:
Die Eßlinger-Oma mit ihren Kindern Opa (rechts), Otto)und Lore 1913
Zuschnitt: Andreas Rothfuß, BlankenfeldeHerstellung und Verlag: BoD –Books on Demand Nordersted
ISBN: 9783740767143

Franziska (Kika) mit ihrer Violine – fotografiert von ihrer lieben Freundin Ute aus Rottweil.

„Wenn ich dereinst verstorben bin, so schweigt auch meine Violine!" so denkt sie.
Und drum bringt Franziska alle vier Wochen ein schlankes Taschenbuch heraus:
Erzählt werden Geschichten aus ihrem Leben, die von erhöhtem Interesse sein dürften.
Jeden vierten Dienstags um 18.05 wird das fertige Manuskript in die Umlaufbahn entsandt.

Alle Vorkömmlinge finden sich am Schluß des Buches im Personenverzeichnis

Hier aber die engste Familie:

Opa, (*1909)
Buz, mein Papa (*1938)
Rehlein, meine Mutter (*1939)
Ming, mein Bruder (*1964)
Linda, unsere Kusine aus Amerika (*1973)

Januar 2000

Samstag, 1. Januar 2000
Ofenbach / Niederösterreich

Bleich und bergend verschneit.
Äußerst reizvolle Dämmerstunde

Vorwissen:

Rehlein, Buz und ich verlebten die Weihnachts- und Neujahrstage mit dem seit einem halben Jahr verwitweten 90-jährigen Opa.
Im Stockwerk über uns (im „Ashram") wohnten Ming und Linda.
Die Linda, unsere Kusine aus Amerika, war im Jahre 1997 nach Europa gekommen, „um sich zu finden", wie man so sagt.
Fast wäre sie für immer geblieben, doch die Arbeit beim Dr. Kroath in Wien behagte ihr nicht, und zudem wurde sie von den väterlichen Genen benagt: Entscheidungsschwäche und Unzufriedenheit, gepaart mit einem ratlos stimmenden Gefühl quälender Wurzellosigkeit hatten unserem ägyptischstämmigen Ex-Onkel Ric schon seit jeher das Leben zur Qual gemacht, und nun quälte sich auch das Lindalein mit Entscheidungskonflikten bzgl. der Zukunftsgestaltung.
Im Mai 1999 war sie nach Amerika zurückgereist – aber bereits im Dezember wieder nach Österreich zurückgekehrt, um ein letztes Weihnachtsfest mit uns zu verbringen.
Nun jedoch rieselte Lindaleins Zeit in Europa ab.
Die letzten Tage vor dem endgültigen Abschied hatten angehoben.

Viele von uns sind wohl der Meinung, das Jahr 2000 sei schlicht der „Deckel" den man nun auf das abgelebte Jahrtausend draufschrauben könne, um diese Geschichtslatte, als „gewesen" zur Seite zu stellen. So wie die „10" ja keinesfalls der Beginn einer neuen, sondern der Abschluß einer Maßeinheit von 10 cm ist.

Händeringend wird argumentiert, daß das Gefühl eines Schwellenübertritts, das andere wiederum in einen seltsamen Taumel gestürzt hat, in diesem Sinne erst auf das nächste Jahr passen würde – und tatsächlich ging bei uns alles weiter wie bisher.

Rehlein erzählte, daß die Lampe im Duschhäusl, in die ich gestern abend noch eine Glühbirne eingeschraubt hatte, zu Boden gefallen, und in tausend Scherben zersprungen sei.

Im Fernsehen bestaunte man das Neujahrskonzert unter Riccardo Muti, und das Wiener Publikum schaute aus wie ein Blumenbeet.

Der Opa saß wie alle Tage mit geschlossenen Augen vor sich hindurmelnd, zusammengesunken auf der Eckbank, den Kopf leicht hinabgebogen.

Seine malerische lange und an der Spitze leicht eingekerbte Nase berührte sachte die Oberfläche des erkaltenden Kaffees, den Rehlein ihm wie alle Tage liebevoll zubereitet und direkt unter die Nase geschoben hatte.

Aber einmal kam etwas Leben in den Greisen, und er erheiterte sich freudig, als ich von der leicht verhaltensgestörten Nachbarin Frau Kastner erzählte: Einer Dame, die so schüchtern sei, daß sie ihren Kopf am liebsten nach Art einer Schildkröte in ihren Panzer bzw. Pullover zurückziehen würde wenn sie jemandem begegnet, dieweil sie Lampenfieber vor dem Leben verspürt.

Der Opa freute sich auf seine z.Zt. vielleicht eher etwas freudlose Moribundenart kurz auf, und legte ein Karteikärtchen für seine immer üppiger werdende Nokixel-Kartei an:

> **VERHALTENSSTÖRUNG:**
> **LAMPENFIEBER VOR DEM LEBEN**

Rehlein und ich brachen zur Mittagsstund´ zu einem Spaziergang im Schneepürée auf. Wir liefen den Kalgassenbuckel entlang ins Dorf hinab – vorbei an dem schmuddelig industrieweiß gestrichenen Haus des Ehepaars Zöckel. Einem Würfelzuckerhaus mit Milchglasscheibentüre und hohlen dunkelbräunlich gerahmten Fenstern, das wie fast alle Häuser hier eine Beleidigung für´s Auge ist.

Der Artus stand bereits in freudiger Grußpose hinter dem Gatter, doch als er mit Rehleins Pelzmantel in Berührung kam, schauderte ihn, er drehte sich um, und zeigte uns nurmehr den Po!

Und auch wenn´s vielleicht „nur" ein Hund ist, so macht sich doch in leichter Form jenes deprimierende Gefühl breit, als habe man sich mit jemandem zunächst fantastisch verstanden, doch dann kommt irgendein Mißverständnis auf, und die Freundschaft ist im Keim verdorben.

Rehlein und ich liefen durchs Dorf. An jenem Brett mit den Mitteilungen für die Bürger, hatte jemand einen Zettel angebracht auf welchem etwas ärmlich doch gleichsam international „2000 comes" zu lesen stand.

Irgendjemand hatte sich die Mühe gemacht, die vereinzelten Buchstaben dieses lächerlichen Passus´ aus Silberpapier auszuschneiden und aufzukleben, um das Jahr noch besser willkommenzuheißen.

Abends:

Dem Opa war ein lustiger Spruch eingefallen, der sehr belacht wurde:

„Mein Opa als Vollgreis sitzt inmitten seiner Lieben im Halbkreis."

Sonntag, 2. Januar

Üppig verschneit und bleich

Das Lindalein servierte mir so nett einen dünnen, blassgrünen Tee, und ich erzählte den jungen Leuten von der rumänisch-orthodoxen Taufe, bei der die rumänisch-orthodoxen Geistlichen ihre - durch wiederum ihre eigene rumänisch-orthodoxe Taufe in Gang gesetzten – sadistischen Neigungen austoben können, indem sie den wehrlosen Säugling in abscheulicher Röhe in seiner Gänze ins eisige Wasser tunken, und dies angeblich zu seinem besten.

Rehlein kredenzte zum Frühstück die ersten beiden jener vier selbstgebackenen Hefezöpfe, die in ihrer Gesamtheit die Jahreszahl 2000 ergeben.
Die Familie hielt dem Opa, der altersgrämlich und müde im grünen Sorgenstuhle saß eine der drei Nullen über den Kopf, so daß er ausschaute, wie ein weiser alter Mann mit Heiligenschein, und zum Beweis, daß er damals noch gelebt hat, wurde ein Foto geschossen.
„Das muß man schon sehen, daß das „2000" ist!" sagte der Opa die ganze Zeit etwas moribund, "sonst hat das keinen Zweck!"
Hernach gruppierten wir uns als Familie um den Tisch herum, und Rehleins Hefezopf schmeckte so was an köstlich!

Es hätte nett sein können, zumal Linda und Ming heut so gut gestimmt waren, doch der Opa verfolgte mit den Blicken grämlich, was und wie Buz ißt?

Als Buz sich etwas Honig nahm, wurde der Opa noch grämlicher und meckerte, daß Honig am Rand kleben würde. Er wurde belehrend und unangenehm, und sogar Rehlein war plötzlich angewidert und sagte klar und deutlich: „…und du verdirbst dafür dauernd die Stimmung. Wegen nichts und wieder nichts!"

Etwas, das den Opa äußerst wohltuend von den meisten älteren Erwachsenen unterscheidet ist seine Einsichtskraft, und so ging er ein wenig in sich, und sah sein Unrecht ein, auch wenn er in seinem Stolze als Vorkriegsmann mit sechsfachem Testosteron-Konzentrat im Blute(?) seinen Schwiegersohn wohl schlecht um Verzeihung bitten konnte. Er tat´s indem er schwieg, und seine Altersgrämlichkeit entweichen ließ, doch die Linda ist trotzdem schnell gegangen, weil sie Ausbrüche dieser Art hasst, und Rehlein und auch dem Opa selber ging das sehr nahe.

Buz retirierte sich ins Musikzimmer und ich schämte mich vor dem Hinwegstrebenden für meinen Großvater, da ich lieber einen Großvater hätte, über den ein ununterbrochenes Loblied gesungen werden dürfte.

Schließlich brachen wir, ohne irgendetwas Gescheites vollbracht zu haben, zu einem langen

Neujahrsspaziergang auf, und ich schleppte meinen Groll auf den Opa die ganze Zeit mit, und wußte nicht so recht, wohin damit?

Und so, wie man die Dörfer mit bunten Kennenlernungs-, Einsamkeits-, und Abholbänken schmücken sollte, so wäre es ratsam einen Mülleimer mit der Aufschrift „Grollentsorgung" hinzustellen.

Ich lief neben Rehlein her, und Rehlein erzählte plastisch und einleuchtend, warum alles so gekommen ist, wie es nunmal gekommen ist.

Die Anderen vorne weg liefen immer schneller, und manchmal hatte sich der Abstand der „Bartäääin" (Parteien) derart vergrößert, daß man überhaupt niemanden mehr sah, sondern nurmehr auf die verschneite, leere, sich den Blicken entwindende Melberleitner Straße draufblicken konnte.

Rehlein erzählte, wie Buz in jungen Jahren immer an einem Herrn mit Namen Messlinger geklebt habe, solcherart, als wolle dieser das Evangelium verkünden.

Und während wir noch mit dem Messlinger beschäftigt waren, schob sich Frau Derdak in ihrer leuchtend roten Haube in unsere Sichtlinie. Die malerische Kopfbestülpung über dem jahresgegerbten Gesicht verlieh der Aussicht einen künstlerischen Tupfer, sofern es einem gelang, den Kopf so hinwegzuwinkeln, daß man das abscheuliche kaltbräunliche derdaksche Haus am Straßenrand nicht sehen mußte.

In dieser kalten Jahreszeit pflegt sich die Derdaksche mit Schistöcken ohne Schier fortzubewegen, - erinnernd vielleicht an einen Geiger, der nur mit dem Bogen, und ohne die Violine musiziert.
Wir tauschten distanzierte Höflichkeiten aus, doch kaum waren wir wieder außer Horchweite zerklüftet, da äußerte ich Rehlein gegenüber meinen Verdacht, ob *Herr* Derdak, den man gar nicht mehr sieht, wohl wirklich daheim im Bett, oder eher in der Tiefkühltruhe ruht? Ein imposanter freundlicher Herr mit Pelzmütze, der einst täglich mit seinem Hund durch den Wald streifte, und Ming vor den Frauen warnte.

Daheim nahmen Rehlein, Buz & ich eine Käse- und Früchtebrotzeit am kaum aufgeräumten Tische ein, und die Stimmung war leider nur gewöhnlich. D.h. man streifte die unerfreulichen Geschehnisse vom Frühstück, konnte sich ehegemäß nicht auf einen gemeinsamen Nenner einigen und schwieg eher so vor sich hin, oder belehrte sich ein wenig, wie man den Käse vielleicht noch besser abhobelt.

Ich philosophierte Rehlein darüber an, daß man sich täglich zu einer Zeit, wo einem die Beleuchtung draußen am besten taugt, von zuhause fortstehlen, und sich von der Familie freiatmen solle.
Das tat somit auch ich, mich allerdings auch darauf freuend, daß Rehlein mir entgegenzukommen gedachte.

Mattbläulich eindämmernder Nebel lag über dem Schnee.
Feldabwärts versank ich sehr tief, und das „Schneemeer", wenn man so will, erstreckte sich bis weit hinter den Horizont, so daß man das Gefühl hatte, in Schneenot zu stecken. Ich mühte mich zur Kapelle hinauf, um mich oben umzudrehen und ins verhauchte Dorf hinabzublicken. Im Nebel zeichnete sich zunächst pünktchenklein und dann immer deutlicher Rehleins Gestalt ab.

Gemeinsam liefen wir nach Hause.
Hangabwärts von der Kapelle war es sehr rutschig, und Rehlein riet, mit ganz lockeren Knien und einem bürzelgleich nach Außen gereckten Po zu laufen.

Mir fiel ein Schüttling ein.
„Beschmunzle ihn, wer kann:" (sagte ich)

> Meinen völlig verfaulten Eckzahn,
> den „verdanke" ich einem Zeck-Ahn.

Und was ein Zeckahn sei? Der Vorfahre einer Zecke.

Abends hatte sich die ganze Familie, außer mir, einen „Columbo" angeschaut, und obwohl Rehlein dem Opa soeben mühsam den Film nacherzählt hatte, frug der Opa nach wenigen Minuten erneut: „Wie war das jetzt mit dem Columbo?"

Ming gab sich große Mühe, ihm den Film nochmals zu erzählen, doch alle redeten durcheinander, und einmal sagte der Opa verdrossen:
„Jetzt ist auch noch die letzte Klarheit beseitigt."
Dann nickte er ein und hatte im Schlummer eine hagere, ernste Ausstrahlung, die er sonst nicht hat, wenn Buz nicht dabei ist, so daß Buz womöglich ein ganz falsches Opabild bekommt?
Doch der Vorkriegsmann im Opa fühlt sich gestört – ähnelnd einem Platzhirsch dem ein anderer Platzhirsch ins Gehege gestellt wird, und nur Rehlein zuliebe hält er sich damit ein wenig zurück, Buz über den Hof hinfortzujagen, wonach ihm biologisch gesehen der Sinn stünde.

Montag, 3. Januar

Sahnig und üppig verschneit. Sonnig

Am Morgen las ich in meinem Buch über die „Oase Lockenhaus" von Gidon Kremer, und die Lektüre bereitete mir eine solche Freude! Ständig könnte ich dererlei lesen. (Über die ganzen Komplikatessen mit den schrecklichen Künstlertypen und vielem mehr.)
Hernach las ich im Tagebuch vom Onkel Andi aus dem Jahre 1960.

Dadurch, daß der Andi nur *das* niedergeschrieben hat, was ihm Vergnügen bereitet hatte, entsteht beim Lesenden der Eindruck, das Anderle sei ein Mensch, der nur seinen Vergnügungen gelebt habe.
Solcherart, wie andere nur „der Liebe leben".
An einer Stelle stand zu lesen: „Beim Orang-Utan-Spiel verkrachten Jürgen und ich uns."

Bald darauf übte ich auf meiner Violine das Violinkonzert von Bruch in einer wirren, und gleichzeitig etwas zagen Genauigkeit, die einem eventuell Lauschenden suggerieren sollte, daß meinen Argusohren nicht die kleinste Kleinigkeit entwischt.
Und für die Ohren Buzens im Ashram über mir, klang mein Violinspiel somit gänzlich anders als sonst.
Ming & Lindalein hatten Buz frei nach dem Motto „Griesbrei statt Griesgram", zum Griesbrei eingeladen, da der Opa als Platzhirsch leider immer latent grämlich gegen unseren Papa eingestimmt ist, und die jungen Leute Buzen die Demütigung ersparen wollten, schon wieder wie ein dummer Schuljunge abgekanzelt zu werden.

Heute hat´s geheißen „Hurra! Wir fahren auf die Rosalia!" (Einen hohen Berg hinter unserem Hause) doch es dauerte noch lang, bis wir endlich loskamen, weil ein jeder immer noch etwas Anderes tun mußte:

Ming mußte noch an seinem Bild malen, und die Linda Buzens gute Lehren auf der Geige repetieren...

Rehlein indes war etwas aufgeregt, daß sie vielleicht gleich etwas Schmähendes zu hören bekäme, weil man immer so lang auf sie mit ihrem Dalton-Syndrom* warten muß – doch Rehlein hat ja gleichzeitig auch Lampenfieber vor dem Opa, und gibt sich große Mühe, daß für den Opa auch alles ordnungsgemäß zurechtgestellt ist.

Auch ein kleines Brieflein legte sie dem Opa hin, weil der Opa so gerne Post vorfindet.

*Das Dalton Syndrom:
Ein Syndrom – oft in Verbindung mit dem „Katerlieschensyndrom" beobachtet – das einen beständig vom Pfade seines Tuns hinabpustet. In Rehleins Falle könnte es beispielsweise folgendermaßen aussehen:
Rehlein möchte dem Opa einen Kaffee kochen, und stellt dabei fest, daß der Wasserkocher dringend entkalkt werden solle. Dafür eignet sich am besten eine Zitrone, und beim Suchen im Kühlschrank findet Rehlein, daß der Kühlschrank dringend abgetaut werden müsse: Sie zieht das Kabel heraus, findet, daß hinter dem Schrank dringendst gesaugt werden müsse, holt den Staubsauger herbei, und dabei fällt ihr ein, daß der Staubsauger den Opa wachsaugen könnte...

aber der Opa war ja schon wach, und bereits geräuschvoll Richtung Häusl geschlurft.

Wir parkten in Melberleiten, einem verschwindend kleinen Ort in der Nähe von Ofenbach, und

schickten uns an, die verschneite Rosalia zu bezwingen:
Ich wünschte mir so sehr, unsere Spaziergangskarawane einmal Vorne anführen zu können, und lief aus diesem Grunde eisern und stramm geradeaus, bis ich mich – zwar mit blutendem Herzen – von Rehlein hinfortbewegt, und Ming & Linda sogar eingeholt hatte. Bloß: Lief ich dann kurz wieder auf meine gewohnte Art, so wurde ich fast augenblicklich von diesem, im Doppelpack dahinschreitenden Gespann, wieder eingeholt. Und so versuchte ich einmal, zehn Minuten lang ganz stringent in einem leicht unnatürlichen Vorwärtsdrall vor mich hin zu laufen, um noch ein bißchen mehr Gemütlichkeit für das Nachher zu horten.
Bald aber fühlte ich mich hungrig und wurde leider wieder langsamer, so daß ich alsbald auch schon Buz & Ming, die jeweils einen Schlitten hinter sich herzogen, im Nacken spürte.
Wie alle Tage unterhielten sich die Herren über die mißliche Lage auf dem Musikmarket.
Rehlein hatte bebuttertes Früchtebrot dabei, das sie nun unter ihren Lieben verteilte. Es mundete köstlich! Und hinzu stand man in einem so wunderschönen, frischgepusteten und frischpustenden Bergpanorama.
Doch als es dann weiterging, war ich wieder die Letzte.
Alptraumartig schaffte ich es nicht ganz, auf die Höhe der vor mir Herlaufenden zu gelangen – doch

schließlich glückte es mir doch, und als ich wieder die Erste war, fühlte ich mich gleich besser, zumal es – so zauberisch verschneit – schön war, wie in einem Traum.

Auf der Rosalia nahmen wir eine Topfenstrudljause in der leider gänzlich verqualmten Schankstube ein.
Warmer Rauch auf Schichten an erkaltetem Tabak empfing uns.
An den abgegriffenen alten Schäferhund Ajax hab ich mich sogar erinnern können.
Der riesige Spitzohrhund sah so traurig aus.
Zuerst verließ er kurz das Haus, dann kehrte er wieder, und setzte sich mit kummervoll gerunzelter Stirn in Buzens Aura. Wieder zeigte sich Buzens magische Sogwirkung auf Hunde.
Ich finde es immer sehr interessant, zu beobachten, was die Leute sich bestellen:
Die Linda erinnert in ihren Bestellgewohnheiten sehr an Rehlein, (gesundheitsbewusst) während ich in dieser Hinsicht normalerweise „ganz mein Vaddr" bin. (Genußbewusst, und nicht weiter denkend, als meine Nase lang ist.)

Ich dachte an Frau Kirwald, eine Professorin für alte Musik in Trossingen, die sich nach einem jahrelangen anstrengenden Leben bei ihren Eltern zur Gewohnheit gemacht hat, in Lokalen immer nur etwas zu bestellen, was sie noch gar nicht kennt, und noch nie zuvor gegessen oder getrunken hat.

Dies wohl aus einer gewissen Erkenntnispanik heraus, daß die Zeit auf Erden begrenzt ist, die sich mit dem Überdruß senioriler Gepflogenheiten dererart mischt, daß alles immer so sein muß, wie es immer ist. Wieviele Genüsse würden einem entgehen, wenn man nicht beständig etwas Neues ausprobieren würde?
Doch normale Menschen bestellen immer das Gleiche.
Die sehr freundliche Wirtin erkundigte sich nach Omi Mobbl. (Leider zu spät.)

Nach dem Jausengenuß liefen wir wieder heim. Es dämmerte zart und reizvoll. Rehlein und ich bewegten uns per pedes, und die drei anderen entglitten so nach und nach auf Schlitten unserem Blickfeld.
Rehlein erzählte mir, daß die Omi Mobbl immer geleuchtet habe: Selbst im Krankenhaus, als sie schon ganz alt war, leuchtete sie immer aus einem Pulk glanzloser Senioren heraus.
Diese Geschichte gefiel mir, und ich bat Rehlein noch ganz oft:
„Erzähl noch mal, wie die Mobbl geleuchtet hat!"
Seit meiner Kleinkindzeit pflege ich an Rehlein und ihren Lippen zu hängen, und Rehlein erzählte mir Packendes von früher:
Wie es damals war, als die Degerlocher Oma noch im Hause lebte:

Mobbl tendierte dazu, sich manchmal am Flügel in Klangwolken zu verlieren, und wenn dann die Uroma kam, um sie in die Küche zu holen, hieb Mobbl wutentbrannt den Deckel zu und sagte Dinge wie: „I spiel NIE wieder Klavier..."

Der Himmel lief ganz rosa an, und dann wurde es immer dunkler und kurz nach Melberleiten holte uns der rührende Buz mit dem Auto ab.

Ganz spät am Abend musizierten Buz & Linda mit Ming am Klavier noch eine Duosonate von Händel zu welchem Zwecke ich Rehleins Staffelei herbeigeholt hatte, die jetzt zweckentfremdet als Notenständer fungierte.

Leider ging´s der Linda so, wie mir zuweilen: Sie verlor den Faden, und die anderen musizierten ohne sie weiter.

Der Opa war am Abend sehr lustig.
Er scherzte: „Meine Müdigkeit fällt manchmal wegen Müdigkeit aus!" und schüttelte sich vor Lachen. "Aber guuut formuliert..." fügte er selbsterfreut hinzu, und es klang direkt ein wenig so, als würde ein Weinkenner genüßliche Worte über einen guten alten Tropfen auf der Zunge zergehen lassen.

Dienstag, 4. Januar

Üppig und sahnig verschneit.
Zunächst hell und sonnig –
doch zurück blieb lediglich
ein matter hellblauer Himmel, erinnernd an die
trüben Augen eines älteren Menschen dessen
Illusionen allesamt entflogen sind

Am Morgen wunderte ich mich über die Realität, die mir ganz entfallen gewesen war:
Ich hatte geträumt, daß *wir uns in einem großen Haus von flüchtigen Bekannten befanden – Freunden vom Geigenvirtuosen Vengerow. Dies zeigte sich daran, daß dessen Amsterdamer Telefonnummer auf einem losen Kalender neben dem Telefon lag.*
Wir spielten mit dem Gedanken, ihn anzurufen und Bekanntschaft zu schließen.
„Duuu rufst ihn an!" sagte der bezaubernde Buz auf seine unnachahmliche Art mit einer Lockgeste, die an Johannes den Täufer erinnerte. Doch ich zierte mich.
Schließlich erkühnte sich Buz tatsächlich und rief an, doch es wurde ein ganz schales und kurzes Telefonat daraus, an dessen Ende der Vengerow vermutlich einfach den Hörer aufgelegt hatte?
Der in der Öffentlichkeit stets so sympathische Geiger zeigte sich enttäuscht und befremdet, daß jemand so wenig Einfühlungsvermögen haben kann, einen so vielbeschäftigten Geiger einfach anzurufen, um ihm etwas von seiner kostbaren

Zeit hinwegzuknappsen - zumal man sich doch gar nicht kennt?!

Na, dann stand ich auf und dachte frohgemut über den sich hellsilbern entrollenden Tag, von dem man zur Stund' noch gar nichts wußte, auf fränkisch: „Packmrs!" (Versteht man dies?)
„Packen wir es!"

Ich besuchte die jungen Leute im Ashram.
Ming las ganz absorbiert und versunken in dem dicken Kinderbuch, das die Linda ihm zu Weihnachten geschenkt hat.
Es handelt von der wundersamen Verwandlung eines Sauertöpfischen in einen dankbaren und zufriedenen Menschen, und das Lindalein hatte sich bereits gefragt, ob sie es auch ihrem Vater schenken solle?
Ich legte uns das Brahms-Konzert mit Gidon Kremer ein, und durch die vertrauten Klänge wurde auch Buz herbeigelockt.
„Ist ihm nun auch die Kunde zu Ohren gestiegen, daß man Brahms ohne Vibrato spielen muß?" höhnte der Geigenprofi in Buz, als der Gidon in der kühnen Kadenz soeben ein paar schrille, wachrüttelnde Oktaven interpretierte, die so anstrengend und schweißtreibend klangen, daß an Schminke wie Vibrato kaum gedacht werden konnte.
Und doch gefiel uns die Aufnahme summa summarum viel besser als beim ersten Anhören an

Heilig Abend, nachdem die CD unter dem Christbaum vorgefunden worden war.
„Wie wird sie uns da erst beim nächsten Male gefallen!" rief ich begeistert aus, und regte an, daß man auf die Plattenhülle aufdrucken solle:
„Bitte dreimal anhören. Auch wenn´s beim ersten Male nicht gefällt!"

Rehlein hatte heute eine etwas strenge Ausstrahlung wie Vera Brühne, und sprach wieder davon, welche Angst sie bereits jetzt verspüre, daß Buz seine Ankündigung wahrmacht, und von seiner Lebensversicherung eine private Musikschule mit lauter Angestellten eröffnet, die dann lautstark auf ihr Gehalt pochen. Rehlein sah es im Geiste bereits vor sich, wie Buz „du wirst schon sehen!" sagt.
Der Opa ist gottlob schon am Vormittag recht lustig gewesen, und lachte vergnügt über die Witze in der „ganzen Woche".

Wie alle Tage fühlte ich mich beim Mittagsessen nicht ganz wohl, weil Buz & Opa am Tische saßen. Man lauert immer auf einen eßtechnischen Fehler Buzens, der vom Opa vielleicht grämlich bemosert wird.
Doch nichts dergleichen geschah.
„Wieder eine Mahlzeit im Schrank der Erinnerungen, die friedvoll verlaufen ist", denkt man hernach erleichtert, und zählt doch die verbleibenden gemeinsamen Mahlzeiten bis zum Abschied.

Man sprach währenddessen über Paradoxien, die der Opa ein Leben lang gesammelt hat, und der Opa holte sein Karteikartenkästle herbei, und las belustigt aus seiner Sammlung vor.
Er las sogar noch weiter, als sich die Tischrunde in die diversen Räumlichkeiten versprengt hatte, und bloß ich lachte spülend aus der Küche heraus, gutmütig zu Opas Lesung, auch wenn der Opa mein gutmütiges Lachen aus der Ecke heraus vielleicht gar nicht gehört hat?
Viele der Witzeleien waren eher lauwarm, so daß man höflichkeitshalber nur so tun konnte, als würde man schallend lachen. „Hahaha!" (z.B.)
Manche waren aber auch sehr lustig: z.B. „Wenn man einem Kahlköpfigen etwas Haarsträubendes erzählt", und da lachte man sodann aus voller Brust heraus.

Der Opa sagte über seine ewige Altersschwächlichkeit: „…und so muß i jetzt zehn Jahre herumhängen – bloß daß i hundert werd!"
Dann schmunzelte er.

Am Nachmittag, um ½ 4 herum, verpackte Rehlein den Opa so nett für einen kleinen Spaziergang. So, wie man vielleicht ein kleines Buzzewackele verpackt, das man zum Nachbarn schickt, um Gebäckstücke zu überbringen und Neujahrswünsche zu bestellen.

Oben im Ashram bei den jungen Leuten:
Ich las einen Aufsatz von Wolfgang Hock, einem Pionier auf dem Gebiet der Orchesterschulung, den mir die Veronika ihrem netten, aber leider leicht anämischen Schreiben beigelegt hatte.
Dichterisch beschrieb er darin, wie er vor zirka 26 Jahren einen 18-jährigen Hobbygeiger, der in einer Autowerkstatt arbeitete, zum Orchestergeiger umgeformt hat:
Er und seine Frau nahmen den 18-jährigen für 2 ½ Jahre bei sich auf, und stellten zwei Bedingungen: (auch ein schöner Anfang für „die Logelei" in der ZEIT):
Acht Stunden üben am Tag (etwas, was sich bei guter Organisation leicht bewerkstelligen lässt) ←setzte er etwas böhmerthaft* idealistisch in Klammern hinzu, und - das Auto der Eheleute zu reparieren.
Hernach las ich dem Lindalein den Aufsatz auch noch vor, weil ich mir dachte, der könne sie doch noch dazu animieren, Geigerin zu werden.
*Böhmert: Weltverbesserer, und Jünger vom Opa

Für die „heiligen drei Könige" gaukelte uns Buz seine Unabkömmlichkeit in Trossingen vor. Ihn zieht es wieder hinweg, weil hier zwei verschiedene Welten aufeinanderprallen.
„Aber er liebt uns trotzdem!" psychologisierte ich liebevoll über Buz.

Mittwoch, 5. Januar

Immer noch dick verschneit, doch nun begann es zu
tauen, und dies unter einem Himmel,
der eher grau, denn schön war

Der Opa lärmte bereits herum. Wie allmorgendlich hustete und prustete er auf eine Weise, die selbst den langmütigsten Menschen in Grausen erschüttern lässt, und ich frug mich, wie er sich wohl weiterentwickeln würde, wenn wir alle ganz wüst zu ihm wären? Wenn ich ihn jetzt wüscht anschnaubte? „Herr Gott nochmal! Da kann ja kein Mensch schlafen! Das ist eine RÜCKSICHTSLOSIGKEIT!"
Doch ich bin immer nett und warm zum Opa, und bereitete ihm einen leuchtenden Frühstücksteller zu: Ich hatte einen Hefezopf Rehleins in neun Teile zerschnippelt, und mit leuchtendem Brotaufstrich versehen. Damit formte ich nun ein Herz für den Opa zurecht, und in die Mitte legte ich sein Fositens. (Ein Medikament, mit dem Senioren dem Tod ein Schnippchen zu schlagen trachten.)

Rehlein dachte sich ihren Teil:
Daß Buz wohl beleidigt mit dem Opa sei? Buz grüßt nur noch unverbindlich im Vorübergehen und retiriert sich alsbald, wenn er den Opa sieht.
Und tatsächlich scheint es sich der Opa mit Buzen verdorben zu haben, denn selbst wenn jemand zu

90% immer nett war, so fallen die restlichen 10% doch stärker ins Gewicht, und lassen sich nicht mehr hinwegwischen.

Im Keller hielt ich eine Briefschreibestunde ab, - mich dabei fühlend, als betriebe ich Büroarbeit, doch rehleinartig verzettelte ich mich dabei, indem ich Herrn Herberger, der's eh vergisst, mit einem früchtebrötern gehaltvollen Schreiben zum 92. Geburtstag gratulierte. Nach Art von Onkel Dölein war es mir wichtig, daß mein Brief freudig von Moribundenhand aus dem Kasten gefischt wird.
Immer wieder, so auch heut, schickt der Onkel aus Florida seinem alten Vater einen Schwapp Fotos, und ein paar freundliche Zeilen mit der Post.

Im Musikzimmer erzählte Rehlein dem Lindalein und mir von Opas unangenehmen Seiten, die zu beseufzen sind: z.B. seinem hässlichen Futterneid, der allerdings nur zutage tritt, wenn Männer dabei sind.
Sogar bei seiner Geburtstagsfeier pflaumte der Opa jemanden damit an, daß er sich zu viel Sahne genommen habe.
Da fiel mir ein Paradoxon für Opas Kartei ein: „Wenn man jemanden anpflaumt, weil er sich zu viel Zwetschgenkuchen genommen hat!"
Wenn aber die Omi Mobbl den Opa einst auf etwas Derartiges bei sich selber hingewiesen hat, dann wurde er stets ungeheuer grämlich.

Schon hatte sich der Abend niedergesenkt.
Die Linda stand mit ihrer Violine an der Staffelei, und spielte mir eine Sonate von Händel vor, und bei einem ganz langen Ton sagte sie so rührend über den Bogen: „Hat gerade noch gereicht!"

Donnerstag, 6. Januar

Dick verschneit. Bleiche Nebelsuppe.
Nur über den Wolken ein strahlend blauer Himmel

Derzeit nächtige ich im Musikzimmer, und noch bevor der Wecker schrillte, leuchtete vor meiner Tür matt das Licht auf, da Buz heut gen Trossingen verabschiedet werden „mußte".
Rehlein, im zarten Negligée wie auf einem Gemälde von Carl Larsson, saß im Sorgenstuhl und flickte an einem Pullover Buzens umher, wozu sie sogar das Nadelöhr bemühen mußte.
Rehlein war ein bißchen traurig, weil Buz ein fast flegelhaftes Gedöns drumgemacht hatte, wie er das Vesper wohl in seinem engen Köfferchen unterbringen solle?
„Als hätt man ihm was angetan!" sagte Rehlein mit vor Enttäuschung ganz verknatschter Stimme, weil sie doch so viel Liebe in die Brote mithineingeschmiert hatte.

Wir frühstückten im Ashram bei den jungen Leuten oben, zumal ja heut womöglich mein letzter Tag hier anhub?

Bis gestern hatte ich oftmals unterschwellig gedacht: „Ich halt´s nicht aus! Diese vielen verschiedenen Temperamente unter einem Dach!" Nun aber fühlte ich mich traurig, bald wieder aurafrei und einsam in Trossingen vor mich hinleben zu müssen.

Doch auch Lindaleins Zeit hier bei uns rieselt ab, und man kann´s kaum fassen, daß sie bald wieder diesen quälend langen Flug auf sich nehmen muß.

Was, wenn sich der tränenbesäckelte alte Mann der im Flugzeug neben ihr Platz nehmen wird, als altes Schwatzhaupt entpuppt?

„Ist das eine Gitarre??"

….

„Das junge Fräulein fliegt nach Amerika?? Sicherlich der Liebe wegen?"

….

Solche, und andere Plattitüden muß sich die arme Linda womöglich auf dem achtstündigen Flug anhören, malte ich uns unfroh stimmend aus.

Das Lindalein erzählte mir, daß sie von ihrem Wohnort in Amerika mit dem Auto fast überall hin genau 25 Min. braucht: 25 Min. zu ihrer Schwester, dem Jennylein, 25 Minuten zur Arbeit, 25 Min. zum Meer.

In Amerika wartet ein Leben der folgenden Art auf das Lindalein:

Tagsüber ist sie immer zehn Stunden aushäusig, und man weiß kaum, wann man die Arbeit an der Kreutzer-Sonate unterbringen soll, die das Lindalein doch im „Musikalischen Sommer 2009" zur Aufführung bringen will?

Wir spazierten in den tiefverschneiten Rübezahlwald hinein.
Beständig sagte ich stimmungserhellend zu Rehlein: „Rehlein, erzähl weiter!" und dies auch dann, wenn Rehlein überhaupt nichts erzählt hatte. Dadurch wurden Rehleins Erzählungen jedoch wieder angekurbelt.
Rehlein erzählte, wie Mobbls Bruder Paul einst in die Flaschen furzte, und hernach ein Streichholz entzündete, um eine Stichflamme zu „zaubern".

Dann erzählte ich dem Lindalein wie es früher war, als die Männer hormonell gesehen noch viel gröber zusammengesetzt waren als heut – bzw. in ihrem Wesen noch besser an den Affen angelehnt waren, von dem wir ja letztendlich abstammen, und von dem man sich mittlerweile, so gut es eben ging, abgekoppelt hat.
Damals war es gang und gäbe, daß man sich hi und da kloppte. Usus war, daß die Frauen in der Küche zuweilen durch lautes Zetrio vor's Haus gesogen wurden, und hilflos mit ansehen mußten, wie Ehemann und Nachbar wild aufeinander einprügelten.

„Hört ihr wohl auf, ihr Hanswürste!" krischen die hinzugehörigen Frauen, und eine goß einen Eimer mit kaltem Wasser über das schwer zu entwirrende Kampfknäuel am Boden...
Am nächsten Abend tranken die beiden aber wieder Bier miteinander, lachten, und versicherten einander, daß man gar nicht mehr wüßte, warum man sich gestern gekloppt habe?

Rehlein erzählte wieder plastisch von früher:
Die Uta überwies ihrem Bruder Buz – kaum, daß sie eigenes Geld verdiente – monatlich 50 Mark für sein allgemeines Fortkommen. Dies Löblikum stellte sie jedoch wieder ein, nachdem Buz Rehlein geheiratet hatte, und auch die Neckermanns brachten ihre Finanzspritze von monatlich 200 Mark für den brotlosen Geiger zum Stillstand, weil nun alle dachten: „Jetzt ist er verheiratet – jetzt steht er auf eigenen Füßen und braucht unsere Finanzspritze nicht mehr!"
Wir erfuhren, daß alle drei Neckermann „Töchter" (Tini, Juli und Evi) in Buzen verliebt gewesen seien, und die Juli habe ihm einmal gar einen bösen Brief geschrieben, weil Buzens heiß geflüsterte Worte sich im Nachhinein als Schall & Rauch entpuppt hatten!
Er heiratete das junge Rehlein und hoffte, dies an den Neckermanns vorbeischmuggeln zu können.
Denkt man da nicht gleich an mich und **das kleine Hündchen, dessen Aufzucht ich einst als 8-jährige an den Erwachsenen vorbeizuschmuggeln trachtete? Doch bereits**

in der ersten Nacht im Schuppen heulte das kleine Hündchen so laut, daß die Erwachsenen geweckt wurden.

Der Nebel war mit einem Male verschwunden, als unsere Häupter in der Höhe den Wolkenteppich durchstoßen hatten. Ein atemberaubender, australisch blauer Himmel zeigte sich über den hohen Baumeswipfeln.
Rehlein wäre um Haaresbreite nach Hause gelaufen, um die Schlitten zu holen, doch stattdessen schlitterten die Sportlichen unter uns auf Po und Annorak den Hang hinab. Ming zog Rehlein sogar mal an den Füßen, und von der Ferne schaute es aus, als würde ein Frauenmörder sein Opfer in den Wald schleifen. Im Grunde ein Anblick, bei dem man seinen Augen kaum traut.
Dann liefen wir wieder zurück und tauchten wieder in die geheimnissvolle Nebelsuppe ein.

Jetzt war man in die Weichheit der Feiertage im bergenden Kreise der Familie regelrecht versunken gewesen, und nun ist´s aber vorbei damit – Schluß, aus!

Daheim saß ich einfach so am Tisch, und las in dem üppigen Ordner, den der Böhmert dem Opa zum 90. Geburtstag geschickt hatte.
Dort hatte der Böhmert selbstverfasste Gedichte eingeheftet. In mehreren davon besang er den Dr. Bruker in höchsten Tönen, indem er alle Nahrungs-

aspekte, über die der berühmte Ernährungsarzt geschrieben hatte, einzeln bereimte.

Um viertel nach Acht trafen leicht verspätet unsere Gäste ein: Die Scherabons.
Wir hatten gemeint, sie verzögerten sich derothalben, weil sie erst die kleine Greta ins Bett bringen müssten, doch die Scherabons hatten die fädchendünne, kleine Greta, die sich extra für uns mit einer Halskette verschönt hatte, einfach mitgebracht. Der Lobo mußte draußen bleiben, und wurde bald ganz kalt, auch wenn´s geheissen hat, er trüge einen dicken Pelz, und es mache ihm nichts aus.
Der Abend wurde nett, wennzwar für meinen Geschmack zu viel über Städte und Länder geplaudert wurde.
Sätze wie diese fielen: „Wir sind die ganze Ostküste entlanggefahren"
Aber man weiß ja, daß die Erwachsenen am liebsten über Geografisches reden, bevor man dann in jene Lebensphase eintaucht, wo die vielen Zipperlein und Arztbesuche das Geographische wieder ablösen.
Dadurch, daß ich das mit der Schriftstellerei seit zwei Tagen beruflich betreibe, dachte ich oftmals über den Beruf des Schriftstellers nach. Ich dachte allerlei: Ob Schriftsteller wohl schlecht schlafen, weil ihnen vielleicht mitten in der Nacht irgendwelche geistvollen Formulierungen einfallen? Und ob nicht vielleicht spätestens auf Seite 50 eines guten Romanes ein Mord passieren sollte?

Der Besuch wurde oben im Ashram abgehalten, und einmal hörte man das leise schabend- und schlurfende Geräusch von Opas alten abgewetzten Pantoffeln, die ihren betagten Besitzer ächzend die Stiegen herauftrugen, so daß Ming womöglich innerlich gestöhnt hat? Aber der Opa war so bezaubernd. Er setzte sich zu uns, hielt die Hand von dem kleinen Mädchen, und die kleine Greta lächelte ihn so lieb an.
Da liebte ich den Opa wieder unglaublich.

Dann rief ich die Hilde an. Die Hilde am Telefon sagte nett: „Wir freuen uns tierisch, wenn du kommst!" und der Mohr sagte lustig wie der Opa: „Wir freuen uns kamelisch!" und bog sich vor Lachen über diesen infantilen Scherz um den Hörer herum.

Freitag, 7. Januar
Ofenbach - Linz

Blass verschneit,
doch am Vormittag ein heller Einschlag

Heute hielten wir oben im Ashram ein Abschiedsfrühstück ab, da ja nun auch die Linda unübersehbar lang in Übersee (ein leichtes Wortspiel) bleiben wird. Eine Rückkehr für immer – und wenn überhaupt, so

sieht man sich im Rest des Lebens vielleicht mal besuchsweise – oder auch nicht.
Und so versuchte ich, so gut es eben geht, den Rest vom Lindalein zu genießen. Doch wie's so ist:
Ming las aus dem neuen Buch von Dietrich Schwanitz über Psychologie und Marxismus vor, und ich fand's so schade! Jetzt will man nett zusammensitzen, und dann liest jemand irgendetwas vor, was einen überhaupt nicht interessiert, und raubt dem ansonsten lebendigen Gesprächsgang die Möglichkeit, sich modulierend in andere Ecken hinzubewegen, die einem vielleicht besser liegen?
„Na, wenigstens nicht auf Englisch!" dachte ich gutmütig-verdrossen.
Doch danach wurde es auch nicht packender, da die Linda von Rehlein ein Brotrezept erbat.
Spricht man über Brotrezepte, so findet man es langweilig, doch wenn das frische Brot dann vor einem liegt, der Duft in die Nüstern steigt, und man gleich hineinbeissen will?←redete ich mir selber gut zu.
Ich hatte gemeint, es sei ganz einfach, und man könne das Rezept ganz schnell in dürren Worten so dahinsagen, doch Rehlein geriet in Glut, verlor sich in Details, und schon ging es im Grunde genommen ein wenig zu wie damals, als Buz sich mit der hübschen Nicole so sehr über ein völlig uninteressantes religiöses Thema festgeschwatzt hatte, daß man als dritter im Bunde zu einem grenzdebilen Zaungast mutierte.

Der Opa saß in der Eckbank, moribund und verdrossen, wie es seine Lebenslage z.Zt. impliziert, und frug oftmals fast streng: „Wo ist der Iwaan?" so daß man sich kaum getraute, über den ewig Spazierengehenden zu sagen, er sei spazieren gegangen.
Der Opa wollte, daß Ming mir das Fahrgeld zahlt.
Dann retirierte er sich hin und wieder ins Bett, so daß ich jedesmal ein bißchen glauben mußte, ihn zum letzten Mal im Leben gesehen zu haben – bloß, daß er dann doch immer wieder an Land gespült wurde, um grämlich und moribund ein Ulsal einzunehmen. (Eine Pille gegen Sodbrennen.)

Beim Abschied war ich sehr schwach und traurig, weil ich mich von Opas gramgebeugter Lebenshaltung hab anstecken lassen, und mein Kummer um die jüngst verstorbene Omi Mobbl mich regelrecht lähmte und innerlich erfrösteln ließ, bevor mich dann die Meinigen am Spätnachmittag allesamt so nett nach Wr. Neustadt brachten.
Ich saß hinten im Auto neben dem so anschmiegsamen Lindalein, und wir vermissten schon jetzt ein wenig aneinander herum. Mit kumpelig-humorigen Worten zunächst, und es doch nicht fassen könnend, daß man sich gleich wirklich vermissen muß.
Eher spaßhaft gemeint erzählte ich, wie ich im Zug gleich sämtliche Vermissungsgedanken, die vielleicht aufkeimen, hinweg wische, weil man sich nicht durch dererlei belasten sollte.

Dann erzählte ich, daß die Omi Ella schon von jedem am Lebenspfade lauernden Schicksalsschlag etwas abbekommen habe: Eltern, Geschwister und Sohn – je gestorben!

Am traurigsten war die Omi, als ihr alter Vater starb, denn dies hätte nicht sein müssen: Eines Tages riet man ihm, zum Rundumsorglos-Check ins Spital zu gehen. „Karl, in Deinem Alter kann man mit dem Gesundheitlichen nicht vorsichtig genug sein!" hieß es, und so machte er sich auf den Weg. Die Omi blickte ihm noch versonnen durchs Fenster hinterher.

Der rauschgiftsüchtige Arzt wollte ihm eine Vitaminspritze in den welken Po jagen – doch leider verwechselte er zwei Spritzen, die dort herumlagen: Die eine war zur Einschläferung eines alten Ackergauls gedacht, und die wurde nun irrtümlich für den Opa Karl genutzt!

So hängt er heute nur noch in Form eines kunstvollen Gemäldes Buzens an der Wand, und schaut seiner alten Tochter Ella beim Schrumpfen und Schnurren zu.

„Du hast es gut, Uropa Karl!" sage ich zuweilen.

Über den Ackergaul, der die Vitaminspritze bekam, ist wiederum zu sagen: Wenn er nicht gestorben ist, so lebt er wohl noch heute.

Am Bahnhof in Wien West nahmen wir bewegt Abschied. Ich bestieg einen angenehm leeren Zug nach Linz. D.h. in meinem Abteil saßen zunächst zwei junge Damen, und mir war´s sogar recht, daß die dasaßen, weil ich nämlich meine Lieben daheim so schrecklich zu vermissen begann. Im Grunde konnte ich es plötzlich nicht mehr fassen, daß ich mich so sinnlos von ihnen entferne.

Doch die Fassungslosigkeit wurde von einer angenehmen Schlummrigkeit, die sich so allmählich ausbreitete, eingesogen. Mir wurde so durmelig zumute wie dem 90-jährigen Opa, der bereits von der Ewigkeit und ihren süßen Verlockungen umschwebt wird, - und in dieser wohligen Stimmung las ich im „*Stern*" packende Geschichten über Messis: z.B. über die Studienrätin Marlies (Name von der Red. geändert), die nach Außen hin ein ganz normales Frauenzimmer in einem ganz normalen Leben zu sein schien? Doch in ihrer Wohnung wiederum sah es sehr interessant aus, da sie nie etwas wegwarf.

Aber ganz so schlimm wie auf dem Messie-Foto aus dem „*Spiegel*", das der Opa ausgeschnitten, und an seine Schreibtischlampe geklebt hat, sah es bei der Studienrätin Marlies nun auch wieder nicht aus: Ihre Wohnstube bot einen Anblick, - auf der Grenze zwischen Akzeptierungstoleranz und Inakzeptierungsintoleranz balancierend, - den man soeben noch tolerieren sollte, auch wenn beim nächsten Bonbonpapier das auf dem Tische liegen bliebe, der Anblick zu seinen Ungunsten kippen würde.

Zeitweise verfiel ich in einen tiefen Schlummer, in welchem sich mein eigentliches „Ich" so wie im

Tode, vollkommen von dieser Welt löste. Bloß, wenn ich dann aufwachte, saß ich wieder in diesem Abteil, das mittlerweile leer war – wenn ich mich auch im Fenster in der Nacht spiegelte, so daß ein gewisses, wenn auch einsam stimmendes Zweisamkeitsgefühl aufflackerte.

In Linz wartete ein Übernachtungsbesuch bei Frau Picker und ihrer manischen Tochter Johanna auf mich:

Am Bahnhof wartete Frau Picker. Sie, in ihrer Pelzmütze an eine reife Russin erinnernd, begrüßte mich so überaus herzlich, und in ihrem kleinen VW-Käfer fuhren wir alsbald durch Linz, in die Hebenstreitstraße, wo die seit kurzem verwitwete Pianistin mit ihrer Tochter lebt.
Schon in der Garage hörte man Johannas markerschütterndes und jegliches Maß sprengende Willkommensgeschrei!

Rührenderweise hatte Frau Picker mir zu Ehren kleine Häppchen vorbereitet, und beim leicht ungelenken Versuch, in ein erstes Häppchen hineinzubeißen, hopste mir eine runde Zwergzwiebel auf den Boden, die als Zierungsdelikatesse auf der Brotoberfläche gedacht war, und nun scheinbar ziellos über den Boden rollte.
Ich erfuhr allerlei: z.B., daß es Johannas Celloprofessor, dem Herrn Prof. Gahl, nach dem

Exitus seiner Gattin wunderbar ginge, und daß Herr Samohyl gestorben sei.

Ferner erfuhr ich, daß der jüngst verstorbene Herr Picker auf seinem Cello technisch fantastisch gespielt habe.

In all den Ehejahrzehnten hat Frau Picker nicht *eine* unsaubere Note von ihm gehört. Nicht **eine**! Allerdings spielte er nicht so raffiniert, sondern mehr so geradeaus, erfuhr ich.

Die Johanna nannte ihre Mutter „Elke" und „Manjana", und ich erzählte, daß Buz auch dazu tendiere, seine Schüler umzubenennen. Die Johanna hat gleich interessiert wissen wollen, wie sie denn dann nun heißen?

„Einer heißt Franz!" sagte ich vage, weil ich die manischen Interviews immer so anstrengend finde. Aber dann geriet ich doch in Erzählschwung:

„Einmal ins Umbenennen geraten, benannte er ihm auch noch die Frau um!" berichtete ich über meinen Papa.

Die Johanna hat sich auf rührende Weise sämtliche Bekannte von uns gemerkt, und über jeden einzelnen wußte wiederum ich die unglaublichsten Dinge zu erzählen:

Über Fritzi, Gerswind, Frauke, Tone u.a.

Bei fast allem, was ich erzählte, sagte Frau Picker: „Uuunglaublich!"

Vor dem Bettgang zeigte sich Johannas sehr hoher Wunderlichkeitspegel:

Soo lange zimmerte sie im unteren Zimmer an einem völlig ausgeleierten Bettsofa für mich herum, dem hinzu die beiden Vorderbeine fehlten, so daß sich die Liegefläche schräg in die Tiefe ergoss, - und war durch nichts von dieser sinnlosen Tätigkeit abzubringen.

Dann hörte man sie ganz laut auf ihre Mutter einreden, die doch schlafen wollte. (Beklemmend!) Vor dem Einschlafen pflegt Frau Picker noch ein wenig Radio zu hören, und das Radio stellt sich mit der Zeit von alleine ab.

Samstag, 8. Januar
Linz - Stuttgart

In Linz bleich und feucht verschneit

In dem üppigen, fast paradiesisch ausufernden Gästebett der Familie Picker schlief ich ausgezeichnet. Dann wachte ich so nach und nach auf, weil's draußen schon hell war. Doch im Hause wiederum war's ganz still, und ich hatte doch ein wenig damit gerechnet, vielleicht durch wüstes Staubsaugergeheul geweckt zu werden, da für heut die Reinmachefee, Frau Popper, erwartet wurde.

Von Frau Popper hat man zunächst gar nichts mitbekommen, so als handele es sich um eine Frau ohne Schatten und ohne Aura.

Unten in der Küche gab´s zum Frühstück köstliche Semmeln mit Mohn und Salz.

Die Johanna zwitscherte kuriose Dinge auf ihre alte Mutter ein. Im Grunde so, wie ich´s mit Rehlein zu handhaben pflege, bloß daß diese Zwitschereien Mutti Picker hektisch und unfroh stimmen.

Zuerst beachtete mich die Johanna nicht weiter, während ich schon in einen Semmeldeckel biss, doch dann sagte sie überraschend gleich zweimal mit einem manischen Glanz in den Augen inmitten ihres ausgemergelten aber einprägsamen Gesichts:

„Wir reden gleich weiter über den Verblichenen!"

Dann setzte sie sich zu mir und erzählte:

„Ich beneide meinen Vater. Ich beneide ihn grenzenlos!"

Die Johanna hat so ziemlich alle Kontakte abgebrochen, und ist immer froh, wenn sie *keine* Post bekommt.

Über Ming sagte sie: „Ich werde ihn in diesem Leben wohl nicht mehr sehen. Wozu auch?"

In der Zeitung konnte man, so wie fast alle Tage, schon wieder über ein Familiendrama nachlesen:

Eine junge Türkin in der Wiener Landstraße erdrosselte ihre beiden kleinen Söhne und verschwand - vermutlich, um irgendwo Selbstmord zu verüben.

Die Nachbarn hätten schon öfters wüste Familienkräche unter den Türritzen hervordröhnen hören.

Ich legte das Blatt wieder beiseite, und erzählte von Herwigs postkonzertalen Granteleien. Wie er sich mit einer zähen Aura umgibt, die es einem begeisterten Zuhörer verunmöglicht, ihm Schmeicheleien zu seinem Spiel zu sagen.
Wir sprachen über Sammelleidenschaften, und ich machte zunächst Worte drum, daß ich eher nicht zum sammeln neige. Doch während ich dies noch erzählte, berüttelte mich die Erkenntnis, daß ich doch abgelebte Tage sammele und einmache, denn was für einen anderen Zweck sollte dies Diarium hier denn sonst haben?
Ich kehrte diesen von der Sammelsucht gepackten Aspekt meiner Persönlichkeit einfach unter den Teppich.
Das, was ich mir noch am ehesten vorstellen könne, zu sammeln, seien Todesanzeigen aus der Zeitung, sagte ich vage, und schon blätterte ich danach.
Die Johanna darf sich die Todesanzeigen allerdings nicht ansehen, weil sie sonst den unwiderstehlichen Drang verspüren würde, auf die Beerdigung zu gehen.

Nach dem Frühstück fuhren wir zum Bahnhof.
Im Bahnhof mußte die Johanna ihre Haube so tief über den Kopf ziehen, daß sie weder nach links noch

nach rechts schauen konnte, weil dort lauter Plakate hängen.
(Für sie tödlich. Der Drang, hinzugehen, wäre unermesslich…)
Scließlich verabschiedeten wir uns, und mit Staubsaugergewalt wurde ich aus deren Leben wieder hinfortgesogen.

Im ICE nach Stuttgart frug mich der Kellner im Bord-Restaurant über meine Violine aus. Ob ich auch so spielen würde wie André Rieu?
„So ungefähr!" sagte ich bescheiden.

Direkt vor Hildes Haus steht eine gelbe Telefonzelle, und von dort aus rief ich die Hilde an. Ich wollte mir einen Scherz erlauben, und so tun, als sei ich noch in München.
Doch der Omar kam an den Apparat, und ihn, den wahrheitsliebenden Senegalesen möchte man nicht beschwinden, und so sagte ich: „Schau mal aus dem Fenster!" und am Fenster zeigte sich augenblicklich eine dunkle Silhouette, und in der Nacht schaut der Omar aus wie ein Scherenschnitt, und hinzu wie der Scherenschnitt eines Gorillas…

Sonntag, 9. Januar
Stuttgart-Rottweil-Trossingen

Regentrübe

Taufe von der kleinen Rosalie in Rottweil:
Das proppere Baby auf dem Arm von Vati Hubert sah so goldig aus, und Rosalies „große" Schwester, die unbekümmerte kleine Feli, mit einem liebevoll geflochteten Blumenkranz im Haar geschmückt, leuchtete wie eine Sonne.

Der Geistliche machte ein paar auflockernde Worte drum, daß es der Idee der Taufe entspräche, daß es draussen regne.
Man sagt ja auch „vom Regen in die Taufe!" hätte Pfarrer Heino Dirks aus Norden womöglich gesagt?
(Ein Herr, der immer so volksnah predigt.)
Und grad wie vor 2 ½ Jahren bei der Taufe von der kleinen Feli verdingte sich die Petra auf ihrer Violine als musikalisches Pinupgirl.
Sie machte eine Ansage, die in ihrem rührenden Verlegenheitsgrad ein wenig an Buz erinnerte.
„Arcangelo Corelli!" sagte sie, und den Namen „Arcangelo" sprach sie derart verlegen gewellt aus, als wolle sie ihren Eltern verschämt den zukünftigen Schwiegersohn vorstellen.

Die kleine Feli raste vergnügt durch die Kirche, weil sie sich mit einem anderen Kleinkind angefreundet hatte, und jubilierte hierzu laut.

Einmal wurde ich ausgesandt, sie einzufangen und zur Ruhe zu gemahnen, doch ich konnte nichts ausrichten.

„Bisch du <u>biddde</u> ruhig!" sagte ich extra schroff wie eine verhärmte schwäbische Mutti – vergebens, und die unbekümmerte Feli mußte darüber lachen, da dies gar nicht zu mir passt, und dann mußte auch ich lachen.

Bald darauf wurde genau wie damals im Hochsommer 1997, am Taufbecken die Taufe vollzogen, und auch ich stand, stolz wie Bolle, unter den drei Taufpaten, die man sich ausgewählt hat.

Dem Baby wurde das Haupt gesalbt, dann wurde es mit der Taufkerze beleuchtet und mit dem Segen Orbi et Urbi oder so ähnlich gesegnet.

Und als mir die kleine Rosi so entzückend mit den Händen ins Gesicht patschte, wehte mich ein freudiges Gefühl des frischen Lebensbeginns an.

Die Ute hat nun eine Tochter die im Sonnenschein, und eine andere, die in Regentrübnis getauft wurde.

Hernach gab es eine ausgedehnte große und fröhliche Feier im Neckartal:

Die Petra erzählte mir, daß Ute M. gestern in Trossingen gewesen war, und das Geheimnis um ihre bevorstehende Hochzeit mit einem aus der

Zeitung destillierten, maßgeschneiderten Herrn, überall verkündet hat.

Das Erste, was die Petra von Ute M. hörte, war somit: „Hallo Petra. Ich heirate." So quasi in einem vereinzelten Schwapp dahingesprochen.

Ute M. ist eine Dame, die immer nur in geflügelten Worten spricht.

Abends kam der süße Buz, nur um gleich wieder die Biege zu machen, weil er mit seinem Spezi Nicko einen über den Durst heben wollte. Er war nur gekommen, um mich zu begrüßen, und mit seinen Lieben in Ofenbach zu telefonieren, bzw. das Lindalein zu verabschieden, das morgen für immer in die Staaten zurückfliegt.

Für uns das Ende der schönsten Zeit in unserem Leben – und nun befindet man sich eben am Beginn der zweitschönsten Zeit im Leben?

Auch ich sprach mit der süßen Linda, doch mir fiel nicht mehr sehr viel ein, was noch zu sagen gewesen wäre, weil ich traurig war, und weil Buz zuhörte.

„Ich liebe Dich!" sagte die Linda warm.

Buz als guter Sohn fädelte auch noch ein Telefonat mit dem Ellalein ein, und ich durfte es weiterführen.

Montag, 10. Januar
Trossingen

Schnieselnd trübe

Die Hilde erzählte mir am Telefon, daß der Omar unglaublich pünktlich und zuverlässig sei. Das gefiel mir, und ich beschloß, mir ein Beispiel an ihm zu nehmen.
Dumm war allerdings, daß ich die Mireille für um zehn Uhr zum Frühstück eingeladen hatte.
Vor meiner Türe schlummerte der dicke Felix, ein mürrischer alter Kater mit der Grundpersönlichkeit eines arroganten österreichischen Stupidienrates.
Um Punkt zehn Uhr begannen sich somit sämtliche Zornesmoleküle in mir zu regen und zu räkeln – gerad, als wenn ich mich in den Omar verwandelt hätte.
Dann kam die Mireille um vier nach zehn, und ich hatte mich gerade noch unter Kontrolle – doch wie lange noch?
Wie ein Fluch bzw. wie ein Tuch hatte sich Omars Persönlichkeit, und mit ihr meine Einstellung zur Pünktlichkeit auf mich gelegt, und ich fühlte bereits jene unangenehme Art niederösterreichischer Studienräte in mir keimen oder gar bereits aufkochen: Daß ich die Mireille am liebsten *vor die Uhr geführt und streng gesagt hätte: "Mireille, kannst du die Uhr lesen?"*

„Ja?"
„Und??? Wie spät ist es??!"
….
„Und was haben wir abgemacht???"
Donnernd und einschüchternd, nach Art eines grantigen Niederösterreichers.
Kaum hatte die Mireille meine Wohnung betreten, da klingelte ihr Händi auf.
Die Mireille sprach auf japanisch, und verbeugte sich dazu tief.

Wir sprachen über Ming:
Der arme Ming ist jetzt wieder ganz einsam, da die Linda heute früh nach Amerika zurückgeflogen ist, und man möchte ja nicht nachempfinden müssen, wie es in Mings Innerem nun ausschaut?

In der Zeitung kam eine kleine Reportage über Herrn Reimer. Ich setzte mich in die Hochschulcafeteria und las interessiert daran herum. Man hatte ein altes Bild von ihm verwendet, worauf er noch schlank und gutaussehend ausschaute. Zum Zeichen seiner Verbundenheit mit JESUS CHRISTUS trug er ein Kreuzketterl um den Hals.
Und solcherart verziert erzählte er den Reportern und somit auch mir, daß die Musik vermarktet wird, an falscher Stelle gespart würde, und eine Konzertverdrossenheit herrsche.
„Blaaablablaaa!" ist man ein wenig versucht, vor sich hinzudenken, doch ein *bißchen* klug war´s ja vielleicht

doch(?), wie ich mir unsicher war, so jedoch zu seinem Besten hoffte.

Mir hat sich ein befremdliches neues Hobby aufgedrängt: Komplementärstalking.
Seit kurzem habe ich einen neuen Nachbarn.
Er kommt aus Japan, heißt Hikaru Furue, wie man auf dem neuen Türschild liest, und ich möchte ihn nicht kennenlernen, damit er für mich ein geheimnisvoller Fremder bleiben möge.
„Der geheimnisvolle Fremde nebenan", betitelte ich im Geiste bereits einen Roman, und so bin ich immer sehr auf der Hut, ihm *nicht* zu begegnen.
Als ich spätnachmittags, nach meinem Trimmdich heimkehrte, und eine dunkle Silhouette in unser Anwesen einbiegen sah, achtete ich sorgsam darauf, ihm nicht zu begegnen.
Grad so, wie ich einmal versucht habe, mich unter dem Wissen, wer wohl der neue Präsident der vereinigten Staaten geworden sei, hindurchzuducken.
Ich wollte es gar nicht wissen – und dies vier lange Jahre lang nicht. Damals trieb mich die interessante Frage umeinand´, ob es einem wohl gelingen könne, sich vier Jahre vor diesem so aufdringlich aufdrängendem Wissen zu ducken?
Doch geschafft habe ich es nicht.

Hat man erst einen geheimnisvollen Nachbarn, so drängen sich beständig Ideen auf: Jetzt z.B. malte ich mir aus, wie es wieder ganz anders käme, als ich mir das gedacht hätte: Ich schleich mich durchs Treppenhaus in die Höh´ *und oben liegt der Hikaru tot vor seiner Türe.*

Dann wiederum malte ich mir aus, wie ich den mir unbekannten Nachbarn mit einem Wechselbad der Gefühle malträtiere: Erst stelle ich ihm eine Flasche Sekt vor die Türe, und lege ein Kärtchen bei: „Dem lieben Herrn Furue ein wunderschönes neues Jahrtausend! Gewünscht von einer unbekannten Nachbarin."

Und gleich am nächsten Tag besprühe ich ihm die Türe mit Schmähsprüchen: „Wir brauchen hier keine Japaner! Raus!"

Nie und nimmer käme er auf die Idee, daß beide Taten, die gute und die böse, vom gleichen Täter verübt worden sind.

Zu später Stund´ im Milano:

Buz erzählte, daß der Onkel Eberhard ein echtes Betroffenentreffen erlebt hat: Er traf sich mit dem höchst verbitterten zweiten Ehemann seiner bösen Exe Uschilein – seinem direkten Nachfolger, dem das Uschilein uschileingemäß ebenfalls übel mitgespielt hat, und vielleicht kommt das böse Uschilein ja bald ins Frauengefängnis Frankfurt-Preungesheim? Sie unterschlug die saftigen Alimente, die der Eberhard für die beiden so aufdringlich herbeigezwungenen Adoptivkinder gezahlt hat, zweckentfremdete das Geld, und mit ihrem neuen Exen verfuhr sie auch nicht anders!

Dienstag, 11. Januar

Bleich und verzuckert

Ich träumte *von einer Familie mit drei Kindern. Eines hatte eine Beinprothese, die es zum Schlafengehen immer ab- und beim Erwachen dann wieder anschnallen musste. Ein Anderes hatte keine Haare auf dem Kopf.*
Ich vermischte mich mit dem beinamputierten Kind, und frug mich im Halbschlummer, ob das wirklich nötig gewesen sei, das Bein amputieren zu lassen?
Ein Buchtitel für ein Jugendbuch trat mir in den Kopf:
„War das wirklich nötig, daß mein Bein amputiert worden ist?"
Ärzte reagieren im Allgemeinen stocksauer, wenn man ihnen mit so einer Frage kommt. Ein einmal zum Fällen freigegebenes Bein muß amputiert werden, denn sonst wäre es ja nicht zum Fällen freigegeben worden, was letztendlich auch der Arterhaltung zugute kommt – nämlich der Art der Ärzteschaft.
Im Falle dieses 10-jährigen Knaben sei dies allerdings eine *reine Vorsichtsmaßnahme* gewesen, sagte die Ärztin, Frau Moser.
„Reine Vorsichtsmaßnahme" steht in Kursivschrift, so wie in einem Roman von Thomas Bernhard.

In der ARD lief „Brisant":

Wieder kam etwas über den Sägemörder Axel-Olaf Weinert, über den ich erst gestern beim Einschlafen nachsinniert hatte: Ob ich ihn wohl in meinen Roman mit einfließen lasse?

Man fand Teile einer zersägten Dame im Elbe-Seitenkanal, und die zurückverfolgte Spur endete in seiner Wohnung.

Sie sei jedoch einfach „so" gestorben, behauptete der Sägemörder.

Ich sah ihn vor mir: Wie er jetzt 15 Jahre lang in der Zelle in Celle sitzt.

Seine alte Mutter hat sich bereit erklärt, die Miete für seine Wohnung zu übernehmen, und die Blumen zu gießen, so daß er nach Ablauf von zwei Dritteln der aufgebrummten Strafe infolge seiner tadellosen Führung in die vertraute Umgebung zurückkehren kann.

Obwohl der Sägemörder jetzt einsitzt, arbeitet die Kripo Gifhorn unter der Schirmherrschaft eines Herrn mit elegantem Zwirbelbart emsig weiter an dem Fall, da es noch neun ungeklärte Morde und einen Vermisstenfall gibt, der nach ihm „riecht".

Eine Hausfrau kehrte einfach nicht vom Einkaufen zurück. Ihr Auto wurde jedoch auf dem Supermarktsparkplatz gefunden, und auf ihrem Autorücksitz befanden sich noch ihre Einkäufe.

Ferner wurden einmal in einem Kanal Leichenteile in einer Tasche angeschwemmt, die vorher tiefgekühlt gewesen sein müßten, und eine Ex vom Weinert vermisste grad so eine Tasche!

Ich mußte wieder darüber nachsinnieren, wie unmöglich es doch ist, in meinem Alter neue Freunde zu finden. Da müßte man schon einer Sekte, oder einer christlichen Gemeinde beitreten, dachte ich.

Meine Gedanken streiften meine alte Studienkollegin Valerie, die damals so aufgeblüht ist, weil sie mit einem Male so viele neue Freunde gefunden hatte, wie beispielsweise das Pastorenehepaar Rossol, und auch andere äußerst vorbildliche junge Leute.

Naja, dachte ich. Mit der netten Frau im Schuhsalon und der bettwarmen Optikersfrau bin ich doch so gut wie befreundet – und auch mit dem Verkäuferteam im Edeka verstehe ich mich im Grunde fantastisch. Noch nie fiel ein unfreundliches, oder auch nur gleichmütiges Wort zwischen uns – nur beglückende Herzlichkeiten!

In der Bäckerei freute ich mich indes nicht sehr über die Begegnung mit Herrn Sellheim. Es stimmte mich ganz einfach nur verlegen, plötzlich am Tresen neben diesem so erstaunlichen Herrn zu stehen, der alle Werke der Weltliteratur auswendig im Kopfe hat.

„Vadda hab ich, glaub ich, gesehen", sagte Herr Sellheim wie alle Tage geistlos.

Eine im Grunde ärmliche Aussage, doch was soll man denn sonst sagen?

Als er frug: „Was macht die Geige?" sagte ich:

„Ich hab eine Riesenfreude dran," was ja auch stimmt. Ungefähr so, wie an meinem Fernseher. Doch danach wird nicht gefragt.

Beim nachmittäglichen Joggen am Gaugersee begegnete ich den Reichmanns, und dieses Ehepaar liebe ich. Man lernte sich in freier Natur kennen – gibt es einen besseren Ort?
Heute waren sie wegen der Rutschgefahr einen anderen Weg entlangpromeniert, und nun erzählten sie mir hinterherschaudernd von dem schrecklichen Sturm, der während der Weihnachtstage gewütet habe.
Herr Reichmann hatte die Kirche besucht, und als er heraustrat, war alles mit Eissuppensud beblasen.
Man sei kaum nach Hause gekommen.

Einer Mutti aus Bayern wird derzeit der Prozess gemacht, weil sie im Frühjahr all ihre drei Kinder ermordet hat. Den 10-jährigen Sohn erstickte sie, und die Zwillinge tötete sie gar mit einer Axt!
Abgrundtiefe finanzielle Probleme (800 000 Mark Schulden), eine zerrüttete Ehe, und die Diagnose Brustkrebs…alles war irgendwie so ungeschickt zusammengekommen.
Und dabei hat die Frau doch eine nette Schwester, die zu ihr halten will, und die sogar vor der Kamera darüber referierte.
Hinter ihr saß so ein süßes, zirka 2-jähriges blondes Kleinkind, das den Ernst des Lebens noch gar nicht erfasst hatte, und fröhlich aussah.

Am Abend war ich sehr müd.

Im Kleinen ging´s mir somit so, wie´s anderen mit dem Leben geht: Endlich ist man Rentner (endlich ist Feierabend), aber man ist zu müd, um etwas damit anzufangen.

Mittwoch, 12. Januar

Mattgrau wie im November

Die Mireille erzählte mir, daß Ute M. auf die Hochzeitsmesse gefahren sei, um sich Brautkleider anzusehen. Mit ihrer nunmehr in Leuchtkraft und Wärme getränkten Piepsstimme habe sie gesagt:
„Nochwuchs ist zwor geploont, ober wir orbeiten noch nicht daran!"
Dadurch, daß die Ute nicht mehr ganz jung, und auch kein Ausbund an Erotik ist, muß man sich natürlich schon ein bißchen Gedanken machen, ob es sich beim Martin nicht vielleicht doch um einen raffinierten Ganoven handelt, der die Ute über kurz oder lang um das Erbe ihrer alten Tante erleichtert?

Wieder begegnete ich den Reichmanns. Ich erfuhr, daß der Vater von Frau Reichmann 96 Jahre alt geworden ist, und bis zum Schluß geistig vollkommen klar im Kopfe blieb, und als er dann tot war – so Herr Reichmann – da sah er aus wie immer!

Ihre Mutter wurde 84.

Es erfüllte mich mit Freude, und ich schaute die Frau mit der roten Wollmütze und dem Ziegenbärtchen in vergnügter Rührung an, und freute mich, daß man sich nach dem Erbmassengesetz vielleicht noch viele Jahre lang an ihr erfreuen kann?

Herrn Reichmanns Eltern starben leider früh, und die Mutter starb sogar an Krebs.

Dann sprachen wir auch darüber, wie vorsichtig man wegen der allgemeinen Kriminalität sein müsse, zumal neulich am Gaugersee doch fast ein Mord passiert wäre.

Frau Reichmann erzählte, wie sehr man sich umdrehen müsse. Einmal drehten sie sich um, und sahen einen Mann, und als sie sich nochmals umdrehten, da sahen sie den Mann schon nicht mehr, und als sie sich dann ein drittes Mal umdrehten, da kam er hinter einem Baum wieder hervor.

„Ja, man kann nicht vorsichtig genug sein!" bestätigte ich.

Abends schien mein geliebter Kassettenrekorder ein Leiden auszubrüten: In unregelmäßigen Abständen gab er kreischige Töne von sich – an einen Hörsturz gemahnend.

Donnerstag, 13. Januar

Grau bewölkt.
Allerdings etwas lichter und zarter als gestern

Meinem Kassettenrekorder war es ergangen, wie einem Menschen, dem es am Abend nicht so gut geht, der sich dann aber nochmals erholt und sich an den Abendbrottisch setzt. Doch am nächsten Tag geht es ihm noch unguter, und er stirbt.
Plötzlich gab er nur noch wüste, schrille Töne von sich, und da bei mir das Händelhören bereits zur Sucht entartet ist, ging ich kurzerhand los, um mir einen neuen Kassettenrekorder zu kaufen.
Auf Schwabenart wollte ich ein Schnäppchen kaufen, doch zwei der anvisierten Läden („Neckermann" und „Rudis Reste Rampe") waren einfach „wie vom Erdboden verschluckt".

Die Wolkendecke wurde etwas dünner – erinnernd an schmelzendes Eis, so daß man die Sonne ganz schwach und dotterig hervorschimmern sah.

Freitag, 14. Januar

Zart sonnig. Nach wie vor verzuckert
Traum:
Leider hatte sich mein Zahnbild nach einer Behandlung beim Jörg verformt: Die Frontzähne, die vormals so schön gerade waren, standen jetzt unvorteilhaft nach Außen ab, so daß einen der Blick in den Spiegel mit einer gewissen Fassungslosigkeit erfüllen mußte.

Ich las Opas Kinderberichte.
Wie unerhört anstrengend das Leben für Omi Mobbl war, wenn man jetzt das Okular wieder in jene, vom Opa in romantische Dichtkunst gezwängte Zeiten richtete.
Ich schrieb der Omi Ella, und bemühte mich um einen längeren, aussagekräftigen Brief, was gar nicht so einfach war.
Und weil ältere Damen immer gerne etwas über anvisierte Projekte hören, schrieb ich ihr eine kleine Milchmädchenrechnung nieder:
Daß ich später, wenn mein Geigenspiel vielleicht ein wenig „unfrisch" und gewöhnungsbedürftig geworden ist, in jenen Städten, in denen ich heut Kirchenkonzerte gebe, Dichterlesungen abhalten könnte.
Und dann verkaufe ich mein bei „Adam-Classic" erschienenes Gesamtwerk für 12,50 DM Buch.

„So kann ich bis an mein Lebensende mein bescheidenes, aber zufriedenes Dasein weiterführen!" schrieb ich frohgemut.

Leider gab nur zwei Tage nach meinem Kassettenrekorder nun auch mein Anrufbeantworter seinen Geist auf.
Da rief die Hilde an.
Sie freute sich, daß ich zuhause bin, was bei einem modernen Menschen doch eher etwas Ungewöhnliches ist.
„Ja. Mein Anrufbeantworter ist kaputt. Da muß ich zuhause bleiben!" sagte ich.
Auf dem Heimweg vom Trimmen sah ich in einem Auto das käsige Mafiosengesicht von Creitz-dem-Arsche. Doch beachtet hat er mich nicht.

Ich telefonierte mit Rehlein.
Rehlein war nett, meinte aber, daß sie Buzen überhaupt nicht vermissen würde.
Das stimmte mich ganz traurig, weil Buz z.Zt. so süß ist, und ich meine Freude und das Entzücken an ihm doch so gern mit Rehlein teilen würde.

Buz in Aurich hatte ein unheimliches Erlebnis: Die verrückte Antje P. rief ihn an. Sie wolle sich mal mit ihm treffen. Eines ihrer Kinder sei ums Leben gekommen – doch dies wäre ja bereits das zweite Kind binnen kürzestem?!

Abends fühlte ich mich leer und verlassen.
Ich rief einige Leute an, doch mit niemandem entwickelte sich ein telefonischer „Rausch".
Zuerst rief ich Ute B. an, weil sie mir schon ein wenig fremd zu werden begonnen hatte, bzw. ich schon angefangen hatte, mich in ihren Augen als Enttäuschung zu spiegeln, weil ich, so wie fast alle typischen Musiker, nie mehr von mir hören ließ.
Ich erwischte den Hubert, welcher anklingen ließ, daß mich die Ute gleich zurückrufen würd´.
„Muß aber nicht..." sagte ich eifrig und legte auf.
Dann rief ich bei den Eheleuten Heike an, und sprach zirka sechs Min. lang mit Mutti Brigitte, der ich von meinem Roman erzählte. Doch dann wollte sie schon bald den Georg holen, damit wir über Musik reden können.
Der Georg hatte eine Lungenentzündung vom letzten ins neue Jahrtausend mitgebracht, die er z.Zt. in seinem Zimmer auskuriere.
„Dann rufe ich irgendwann wieder an!" sagte ich emsig. Doch das Wörtchen „irgendwann" hörte sich an wie „nirgendwann", und hinzu so, als würde es aus einem Munde, der zu voll genommen war, einfach hinfortfliegen wie ein gasgefüllter Ballon, der alsbald auf Nimmerwiedersehen hinter Gebirgsketten verschwindet. Ich legte rasch auf, um Herrn Bloser anzurufen, der ganz anders klang als sonst, weil er die englische Grippe hatte.
Ich erfuhr, daß seine beiden Elternteile binnen fünf Wochen gestorben seien. Seine Mutter, die schon

seit einem halben Jahr ein Pflegefall war, überlebte den Vater, der an für sich kerngesund, und vorallem geistig noch völlig klar war. Im Alter von 87 Jahren schlief er zu den Klängen einer Brahms Symphonie für immer ein.

Er starb an etwas Harmlosem: Leichten Asystolen des Herzens, die gelegentlich auftraten, ihn seit seiner Jugend begleitet hatten, und von den Ärzten als harmlos belächelt wurden. Doch eines Tages war's auch für ihn, einen lustigen Herrn, der immer humorvoll und fröhlich war, vorbei!

Dann überlegte ich, wen ich noch anrufen könne?

Da rief mich meine liebe Freundin Ute B. ja gottlob doch noch an, und war so nett wie eh und je.

Ich erzählte, wie ich immer so müde würde, wenn so viele Leute auf engstem Raume zusammen wären, und drum würd ich zu meiner Hochzeit, wenn's denn jemals eine gäbe, auch nur einen einzigen Menschen einladen.

Und damit sich niemand von den engen Freunden beleidigt fühlt, werde ich mir einen Gast aussuchen, der in meinem Leben bis zu diesem Zeitpunkt kaum eine Rolle gespielt hat.

Fast hätten wir ja schon zu Buzens 60. Geburtstag vor nun bald zwei Jahren nur einen einzelnen Gast eingeladen: Den Opa Nowak.

*Huberts Vater, einen alten Herrn aus Hamburg, der sich im Schwabenland niedergelassen hat, und den man nur ein einziges Mal ganz kurz kennengelernt hatte.

Da wäre der Opa Nowak doch wohl doppelt überrascht gewesen? Zuerst, daß er überhaupt eingeladen war, und dann auch noch als einziger Gast?

Samstag, 15. Januar

Leicht schneeverkrustet in zartem Nebel.
Den Mond sah man den ganzen Tag:
Zunächst als käsig-bleiche, vernarbte,
und dann als leuchtende Hälfte am Himmel

„Das sind vielleicht Arschlöcher!" sagte ich über all jene, die mir nicht geschrieben haben enttäuscht, weil ich in dieser Woche überhaupt keine Post bekommen hab!
Trotzdem kaufte ich mir bei der fränkischen Drallen im Schreibwarenshop einen kleinen Schwapp geschmackvoller Kuverte, um alte Freundschaften vielleicht durch einen netten Brief wieder ein wenig anzustupsen?
Die fränkische Dralle hatte soeben einen Kunden an der Angel, zu dem sie wohl wirklich eine fantastische Wellenlänge verspürte: Einen etwas scheuen, sympathischen Lehrertypus, der sich einen teuren Füller leistete, und sich fachmännisch von ihr beraten ließ.

Die Dralle geriet ins Philosophieren, und meinte, daß ein so schöner Füller auch ein Statussymbol für einen Herrn sein könne.
Ich hatte gehofft, mich in diese fantastische Wellenlänge mithineinschmiegen zu können, doch zu mir als Frau war sie nur gewöhnlich nett.

Mein Tagebuch schreibe ich wie Mozart: Ganz schnell und ohne abzusetzen, und meinen Roman schreibe ich wie Beethoven: Ich radiere herum, streiche durch, verwerfe....

„Brisant":
Man erfuhr, daß die 23-jährige Annegret aus Schwäbisch Hall, nun doch am Lassa-Fieber gestorben ist! Für die hübsche und sympathische Studentin, die so gerne in der Welt herumreiste, wurde es somit leider nur ein ganz kurzes Jahrtausend!

Sonntag, 16. Januar

Grau. Eisüberzogen

Ich bekam einen Anruf aus Bad Schwalbach:
Man wolle mein Violinspiel in eine zur freien Verfügung stehende halbe Kirchenmusikstunde einbetten, und nannte mir mögliche Daten, die vom

Mai bis tief in den August hineinragten, was im Klartext bedeutete, daß man mit der Saisonplanung noch gar nichts zustandegebracht hat. Für jeden Auftritt gäbe es 300 Mark Cash.
Ich bot an, daß ich an jedem einzelnen Datum spiele – von mir aus auch jeweils unter anderem Namen, dann brauche man nicht dauernd irgendwelche arrogäntlichen Organisten zu fragen, die unter 800 Mark keinen Finger krümmen.

Etwas schwebte mir auch noch vor: Am heut´gen so ausgestorben und menschenleer wirkenden Sonntag ein wenig Autofahren zu üben.
Besonders im Magen liegt mir ja das Einfädeln auf die Autobahn, und ich beschloß, zum Nadelöhr hinauf zu fahren, und mich fünfmal fehlerfrei einzufädeln. Dann fahre ich als Geisterfahrerin auf gut Glück wieder zurück, und versuch´s nochmal.

Tatsächlich sah man mich dann bald an meinem neuen Auto, das ich Veronikas Mutti zum Jubelpreis abgekauft habe, herumschaben.
Es fuhr jedoch nur ein wenig die Straße hinauf, um plötzlich zu bocken – sprich, störrisch wie ein Maultier stehenzubleiben. Zwar konnte man noch ein wenig damit herumstottern, mehr aber nicht. Und ich stand doch soeben mitten auf der Straße – und zwar an jener Stelle, wo der eine Schwabe mit dem paradontitischen Zahnbild immer herumzustehen pflegt, um auf eine neue Bekanntschaft zu

warten. Ein Eckensteher. Doch heute, wo man ihn hätte um Rat fragen können, war er nicht zu sehen.
Einmal frug ich eine durch den Schnee flanierende Dame um Rat. Die Dame war sehr freundlich, hatte jedoch leider keine Ahnung.

Plötzlich fuhr's dann doch. Ich fuhr zum Autohaus Framke und betankte meinen neuen Schildkrötenpanzer aus Blech für 57 Mark. Damit fuhr ich allerdings nur wieder nach Hause.
Das Auto kommt mir immer so schnell, fast ungestüm in seinem Vorwärtsdrall vor.
Einparken tue ich nach wie vor „ohne Kopf", und dann schleiche ich bloserlich* um mein Auto herum, um zu schauen, ob alles in Ordnung ist?
*Bloserlich: An meinen Klavierlehrer, Herrn Bloser erinnernd, der immer große Angst hat, etwas zu übersehen, und somit drei bis vier mal um sein Auto herumzuschleichen pflegt. Etwas, das Herr Reimer immer gebannt oben vom Rektoramt aus verfolgte, statt sich in seine Arbeit zu krümmen. „Und in so einen wunderlichen Herrn ist sie verknallt!" dachte er damals über mich, aber er dachte noch viel mehr: „Was sie bloß an DEM findet?"

Trimmen am Gaugersee:
Ich dachte an den Opa, und wurde ganz gerührt von einer uralten Erinnerung gestreift: 𝔚𝔦𝔢 𝔡𝔢𝔯 𝔒𝔭𝔞 𝔣𝔯ü𝔥𝔢𝔯 𝔪𝔞𝔩 𝔰𝔬 𝔫𝔢𝔱𝔱 𝔪𝔢𝔦𝔫 𝔳𝔦𝔢𝔯𝔰𝔢𝔦𝔱𝔦𝔤𝔢𝔰 𝔍𝔫𝔥𝔞𝔩𝔱𝔰𝔳𝔢𝔯𝔷𝔢𝔦𝔠𝔥𝔫𝔦𝔰, 𝔡𝔞𝔰 𝔦𝔠𝔥 𝔪𝔦𝔯 𝔞𝔩𝔰 10-𝔧ä𝔥𝔯𝔦𝔤𝔢 𝔣ü𝔯 𝔡𝔢𝔫 𝔎𝔬𝔪𝔞𝔫 „𝔓𝔢𝔱𝔯𝔲𝔰 & 𝔊𝔬𝔱𝔱" 𝔞𝔲𝔰𝔤𝔢𝔡𝔞𝔠𝔥𝔱 𝔥𝔞𝔱𝔱𝔢, 𝔞𝔟𝔤𝔢𝔱𝔦𝔭𝔭𝔱 𝔥𝔞𝔱. Und noch immer habe ich nicht alle 200 Kapitel niedergeschrieben.

Abends konnte man hören, wie mein geheimnisvoller neuer Flurnachbar Hikaru Besuch bekam: Jemand stieß gar einen unter jungen Leuten üblichen schrillen Erfreuungsausruf aus, während aus meinem neuen Kassettenrekorder laut und wild das „Halleluja" aus Händels „Saul" herausplärrte.

Montag, 17. Januar

Grau und nieselig

Omi am Telefon, nachdem ich sie mit spannenden Geschichten aus dem Alltag unterhalten hatte:"…und?? Nichts Neues?"
Und so war´s dann auch.

Dienstag, 18. Januar

Nieselnd trübe

In meinem Traum *war die Omi Mobbl wieder lebendig, und lief – gestützt von Buzen - mit uns durch die Sonne. Sie, die doch schon mal eine ganze Weile vor sich hingedämmert, und von uns bereits wie eine Tote beweint worden war.*

Doch jetzt im Schein der Sonne, sah die Omi Mobbl richtig gut aus.
„Sie sieht fast besser aus als Du!" sagte ich zum Opa.
„Das ist ja herrlich!" sagte der Opa in ergriffener Freude.
Auf dem Zebrastreifen probierte Mobbl sogar aus, wie weit sie noch Spagat kann, und da mußten die Autofahrer eben mal kurz warten.
Als wir durch ein Törl in eine große weite Wiese hineinliefen, musste ich freudig darüber nachdenken, daß Mobbl sich jetzt vielleicht richtig gut erholt, wenn sie von Rehlein ein bißchen aufgepäppelt würd...

Wenn ich heut in mein Tagebuch schrübe: „Ich hatte heut eine entsetzliche Frisur!" so liest man´s drei Monate später mit Gleichmut – grad so, als stünden diese wenig erbaulichen Worte über einen anderen da.
Währenddessen aber litt ich darunter:
Meine Frisur sah fast ein wenig so aus als solle man sie rosa oder orange einfärben, um vielleicht noch ein bißchen daran herumzuretten?

Die knappe Mittagspause – ein bißchen hab ich mir aus Solidarität angewöhnt, so zu leben, wie das Lindalein auf der Arbeit in Amerika – wollte ich dazu nutzen, schnell ins Autohaus Framke zu fahren, um das Autoradio, das mir der rührende Buz zum Geburtstag geschenkt hat, zumindest zu bestellen, weil es mir sonst so befremdlich vorkäme, wenn ich

in zwei Wochen noch nichts in die Wege geleitet hätte!
Buz frägt sich ohnedies und nicht zu Unrecht, was ich wohl den ganzen Tag so mache, und schüttelt manchmal, wie in einem schlechten Roman, „staunend" den Kopf über mich.
So fuhr ich hin, und besprach mit einem rechtschaffenen Typen zunächst die Radiofrage.
Das Auto müsse erst entlärmt werden, denn sonst höre man ja nichts! erfuhr ich.
Als ich dann zurückfahren wollte, sprang mein Auto schon wieder nicht an, so daß ich den stirnackigen Herrn gleich nochmals bemühen mußte.

Auf dem Heimweg vom Joggen in heiser-feuchtem Sprühregen am Gaugersee schaute ich mir ein gemütliches Haus an, wo man eine heimelige Lampe über dem Tisch hängen und leuchten sehen konnte, und stellte mir vor, wie das sei, wenn ich in ein kleines ostfriesisches Dorf zöge, um dort mein kleines, unbedeutendes Leben fortzuführen:
Es gibt nur ein ganz kleines Lädchen, wo man allerdings auch frühstücken kann, und wenn ich etwas erleben will, dann muß ich mit dem Fahrrad nach Edewecht radeln. Dort gibt es eine kleine Bibliothek und einen Springbrunnen...
Und zu diesen simplen Gedanken radelte mir der Waldemar entgegen. Ein rußlanddeutscher Herr in einer abgewetzten Flickenjacke, der eine Frau sucht.

Eine Frau wie mich, und so setzte ich gleich eine indifferente Miene auf.

„Warum weichst du mir aus?" frug er sanft.

Leicht machohaft glaubt der Waldemar, daß alle Frauen der Welt es im Grunde nur auf Eines abgesehen haben: einen Mann. Er ließ sogar einen häßlichen Klischeespruch ab, von dem er annahm, daß er auch durch mein Hirn zirkuliere?

„Die Männer sind entweder besetzt oder beschissen!"

Damit suchte er mich an meinen vermeintlich eigenen destruktiven Gedanken zu packen und wachzurütteln.

Ich lief aber nur kühl geradeaus, und einmal sagte ich: „Ich möchte meine Ruhe haben!"

„Ich habe großes Interesse!" sagte der Waldemar, und fuhr auf leicht lästige Weise immer weiter mit dem Fahrrad neben mir her.

„Aber ich habe kein Interesse!" sagte wiederum ich einfach zwiefach.

Zum Schluß hat der Waldemar noch gesagt, daß er christlicher Gesinnung sei, und dann sagte er: „tschüss!"

Da tat er mir plötzlich leid.

Andererseits: Wäre ich netter zum Waldemar, so wüsste man ja, wie es weiterginge…

Schon um 16 Uhr 15 war ich wieder daheim, und draußen war's noch lange hell und regnete, und ich fühlte mich traurig.

Ming berichtete, daß der Friedel eine Zeichnung von seinem neuesten Töchterlein angefertigt und geschickt hatte.

Mittwoch, 19. Januar

Trübe. Morgens ein bißl verzuckert,
und leicht sonnig.
(So doch eher grämlich-sonnig, wenn man sich etwas
darunter vorstellen kann?)

Theoretisch könnte ich jetzt, da ich schon fast 8000 Mark gespart habe, bis auf weiteres so leben wie der Opa, wenn er jetzt ganz allein, und Rehlein wiederum in Aurich bei ihrem Mann geblieben wäre: Schlafen bis um 16 Uhr, und dann könnt´ ich ins Caféhaus gehen, um ein Sahnetörtchen zu löffeln und Illustrierte zu lesen, und abends könnte ich im Gedenken an die verstorbene Oma Mobbl stundenlang fernsehen, und niemanden würde es genieren.
Um mich aber arbeitsam zu halten, stelle ich mir vor, viermal in der Woche von 9:30 – 11:30 für Michael Hampel, einem Gitarristen, dem man wegen seiner freundlichen Umgangsformen immer gern begegnet, Büroarbeiten zu leisten.

Natürlich mache ich diese Büroarbeit für mich selber, doch wenn ich mir einbilde, es sei für einen Anderen, dann motiviert´s mich einfach mehr.
Erleichtert wird meine Arbeit noch zusätzlich durch die Vorstellung, Michael Hampel würde die Tür einen Spalt weit öffnen, mir zuzwinkern und eine zugegebenermaßen nicht sonderlich geistvolle aber menschlich sehr verbindende Plattitüde von sich geben: „Na? Läuft´s?"
Später bringt mir seine Frau Gisela eine Tasse Kaffee, und daneben liegt sogar ein kleiner Keks! Der Kaffee dampft, und analog dazu steigt Behagen in mir auf.

Hernach wollte ich eine zweistündige Haushaltsstunde einlegen, und stellte mir dazu vor, eine neue, junge Putzhilfe zu sein, die etwas Geld verdienen muß.

Der Opa, so Ming am Telefon, sei heut leider grämlich und herrisch gewesen.

Donnerstag, 20. Januar

Grau verzuckert.
Zur Dämmerstund
zauberische rosa Wölkchen am Himmel

Im Schreibwarenshop bei der fränkischen Drallen traf ich Dieter S., den mähfrisurigen Korrepetitor der Hochschule, der eine plastisch ausgestanzte Karte zum Geburtstag für die kleine Laura kaufte, die heute 10 Jahre alt wird.
Sie habe Geburtstag und wünsche sich Reitstunden.
„Die kriegt sie!" sagte der Dieter in freudigem Stolze, weil die kleine Laura für ihn eine Kostbarkeit solcherart ist, wie einst das kleine Rehlein für den Opa.
Mittags widmete ich mich wieder meiner Karriere:
Ich zapfte ein kleines Konzert (350 Mark Lohn) am 15. September in Frankfurt bei Herrn Dierks, und freute mich riesig darüber.
Etwas Peinliches passierte mir allerdings auch:
Bei Herrn Thiess hatte ich doch gestern schon angerufen, und jetzt sagte ich heute schon wieder das gleiche Sprüchlein wörtlich nochmals auf.
„Sie haben doch gestern schon angerufen!" sagte Herr Thiess.
„Oh, Entschuldigung..." murmelte ich betreten und entsetzt.

„Macht nichts!" sagte Herr Thiess auf gutmütig-müde-verwunderte Art, doch mir ging dieses Erlebnis sehr nahe und ließ mich ganz lange nicht mehr los.
Während es mich noch umklammert hielt, wünschte ich, es hätte mich bereits losgelassen, und die Peinlichkeit wäre bereits verpufft.

Am 1. Februar wird der Klarinettenprofessor Herr Wandel offiziell verabschiedet, und auf der Verkündung am schwarzen Brett las man statt einer Unterschrift: „Prof. Reimer – nach Diktat verreist".
So, als habe der eilige Professor nicht einmal mehr ein Sekündchen für seine Unterschrift erübrigen können, - so sehr zog es ihn hinfort?
Lustiger wäre, wenn dort stünde: „Nach Diktat verstorben", oder zumindest: „nach Diktat verschwunden".

Mittags verließ ich das Haus um joggen zu gehen.
In der Nähe von der Baarstraße kam der Waldemar auf mich zu. Ich sagte zwar nett: „Hallo!" doch diesmal war´s der Waldemar, der mich nicht mehr grüßen mochte, und er sah so traurig aus.
Nie werd ich diesen Anblick vergessen: Wie mir der Waldemar wie ein trauriger Rikschafahrer entgegenradelte. Es gab mir einen Stich in die Seele. Stellvertretend für den Waldemar dachte ich über mich selber: „Soll sie doch auf ihre geistlose Art herumrennen um ihren dicken Po in den Griff zu

bekommen, die dumme Gans! – Wie schön könnte das Leben sein, wenn man zu zweit wäre!"
Beim Weiterrennen malte ich mir aus, wie ich meinen Fehler wieder ausbügele.
Beim nächsten Aufeinandertreffen bleibe ich stehen und sage warm: „Es tut mir so leid, Waldemar! Das war nicht nett von mir. Verzeih mir! Komm, laß uns Freunde sein!"
Dann räume ich ihm einen großen Platz in meinem Herzen frei, lade ihn am Abend zu einem köstlichen Abendessen ein, und sage munter: „Jetzt erzählen wir uns ganz viele persönliche Dinge!" und sofort hätte mein Leben wieder einen Sinn?!
Stattdessen gab es am Abend eine große Aufregung um die Omi. Buz rief an, um sich die Nummer von der Edith geben zu lassen, da man die Omi nicht erreiche! Buz war außer sich vor Sorge, und setzte Himmel & Hölle in Bewegung.
Doch nachher hieß es, die Omi sei zwar gestürzt, habe sich aber nicht weh getan.

Freitag, 21. Januar

Kälteeinbruch. Zart rieselnder Puderzucker. Kalt

Karrierezapfstunde:

Der Herr, der die Aachener Meisterkonzerte organisiert, wimmelte am Telefon ab:
„Das ist etwas für etablierte Künstler," sagte er – „von Krystian Zimerman aufwärts. Kein Forum. Dies klingt zwar hart, aber..."
„Ihresgleichen..." nannte er mich sogar in jenem Sinne, daß ein rostiger Riegel hinter die Elitekünstler geklemmt zu sein scheint.
Eine sensible Haut wie Rehlein hätte die ganze Freude an der Karriereaufschäumungsstunde verloren, und sich womöglich gar nicht mehr zum Weiterschuften aufraffen können?
Ich sagte mir allerdings, daß es dieser Herr im Leben womöglich auch schwer gehabt hat? Er wurde von seinem Vater gedemütigt, der ihm Versagertum vorwarf („Die Versagungsängste des Mannes") ←ein Passus wie auf dem Titelblatt des *„Sterns"*.
Theoretisch, so fällt mir ein, könnte ich diesen Herrn bezichtigen, die Musikstudentin in Münster ermordet zu haben, was er ja vielleicht sogar hat?
Bevor ich mit der Arbeit anhub, stellte ich mir noch vor, wie ich Herrn Thiess heute schon zum 3. Mal anrufe, und das jetzt jeden Tag mache, und mich dann gleich hektisch entschuldige, und wie lange er wohl noch gutmütig darauf reagiert?

Dann trat ich zu einem Einkaufsrundgang vor´s Tor:
In der Lindenstraße traf ich die Hochschulküchenfee Frau Bogdanovich. Ich erfuhr, daß ihre Kollegin Frau Korhammer Krebs gehabt habe, aber ab

morgen wieder arbeitet. Die beiden Cafeterienbediensteten der Hochschule sind die nettesten Menschen, die man sich überhaupt nur vorstellen kann — sie wirken wie zwei fleischgewordene Kachelöfen, an die man sich nur schmiegen und hierzu die Zeit anhalten möchte.

In der Trossinger Musikhochschule erwischt's so nach und nach alle, da man auf Erden leider nie seine Ruhe hat. Der erste Stock hatte bereits den Spitznamen „im Krebsgang", - wie mir Herr Kabisch unlängst schelmisch und amüsiert erzählt hat, da er selber bislang noch verschont geblieben ist.

Plötzlich sah ich aus einem Augenwinkel heraus, daß Buz mit seinem Köfferlein in der Ferne am „Bären" aufblitzte, und eilte ihm freudig entgegen. Aber als ich das Portal erreicht hatte, war der langjährige Stammgast schon nicht mehr auszumachen und hatte sich in Luft aufgelöst. Ratlos plauderte ich auf herzlich menschlicher Ebene mit der Wirtin Emmi, einer Variation von Mutter Beimer aus der „Lindenstraße", so daß man sich immer über ihren stadtbildprägenden Anblick freuen darf. Ich erfuhr, daß sie wegen ihrem Cholesterinspiegel etwas abgenommen habe, und eine schwere Bronchitis hatte, konnte mich jedoch gar nicht so recht in diese Betrübnisse hineinschmiegen, da ich mich so sehr darüber gewundert hab, daß Buz so quasi *vor* meinen Augen verschwunden war?! Sehenden Auges hatte man ihn entweichen lassen — etwas, das man sich selber nicht so recht verzeihen möchte.

Ich lief zum Autohaus Framke, und diesmal stand der schwäbische Herr mit dem paradontitischen Zahnbild wieder vor seinem Hause. – Dort wo er hingehört, so könnte man meinen, denn wenn sich ein vorbeipromenierender Mensch, wie in diesem Falle ich, ratlos fühlt, so könnte man ihn ansprechen. Er habe sich das Handgelenk gebrochen – so erfuhr ich.
Mit ihm, dem Eckensteher, unterhalte ich mich oft.

Heute hatte ich schon so viele nette zwischenmenschliche Kontakte, freute ich mich, als ich eine Weile später wieder nach Hause lief, und ich muß sagen: Der Herr vom Autohaus Framke, der mir zunächst nicht so besonders gefallen hat, da er auf den ersten Blick einen stirnackig brutalen Eindruck macht, war so unglaublich nett. Er setzte sich wie ein Vater, oder auch ein bißchen wie ein guter Onkel, zu mir ins Auto, und gab mir Ratschläge für die Fahrpraxis.
Meinem, ab dem dritten Gang neuwertigen Auto, das in einem fabelhaften Zustand sei, käme es womöglich zugute, wenn man damit ein bißchen über die Autobahn rast?! Ich solle mal nach Konstanz ins Caféhaus fahren! – sagte er grad so, als habe er ein Gespür dafür, was ich gerne mach?!
Zum Schluß meinte er gar, daß er gerne mal eine halbe Stunde lang mit mir Auto fahren üben würde.

Wer hätte jetzt gedacht, daß ich heut den Mut hatte, zirka eine Stunde lang Autofahren am praktischen Beispiele zu üben?
Ich fuhr, und war zunächst ganz aufgeregt, mich auf die Autobahn nach Rottweil aufzufädeln, so daß ich symbolisch gesehen den Schwanz einzog, als ich mich der Abschußrampe ins Ungewisse näherte. Doch als ich dann zur Dämmerstund und bei leichtem Nieselwetter in Rottweil eintraf, fuhr ich schon fast „hemdsärmelig".
Als ich an der Musikschule im Neckartal ankam, lief soeben Huberts jüngster Bruder an der leider unbeleuchteten Musikschule vorbei, und wir begrüßten und beplauderten uns sehr nett.
Der Hubert hat vier Brüder von denen alle vier einen zünftigen Beruf ausüben, der im Gegensatz zum Geigenspiel oder der Dichterei wirklich Hand & Fuß hat. Dieser hier ist Fahrlehrer von Beruf, und es wäre schön, wenn ich meinem Herzen einen Stoß geben, und diesen Menschen (zirka 31 Jahre alt) heiraten würde – dann wäre die Ute meine Schwippschwägerin, ich wäre in ein Familienleben hineingebettet, und nicht mehr so wurzelfrei.
Und wie sich die Omi freuen würde!
Selbst an Kinder könne man nach Art von Ute M. noch denken.
„Noochwuchs is zwor geplooont, ober wir orbeiten noch nicht dran!" könne somit auch ich überall verkünden, so daß sich die Bekündeten über zweierlei wundern müssten:

Daß ich auf einmal auf dresdnerisch spreche?
Und außerdem frägt man sich, warum eine Geigerin unbedingt einen Fahrlehrer heiraten muß?? Gäbe es da nicht passendere Kandidaten? Über was wollen die bei den gemeinsamen Mahlzeiten denn groß miteinander reden? Heißt es denn nicht „die Ehe sei ein langes Gespräch?"

Buz hat von einem chinesischen Schüler rührenderweise ganz viele Saiten geschenkt bekommen. Symbolisch gesehen dafür, daß man ihm noch ein langes Geigerleben wünscht. Buz freute sich unglaublich, und auch ich fand es so rührend!

Abends saßen Buz und ich mit Petra und Tobias im „Milano":
Wir schleppten ein kleines Illustriertentürmchen herbei und konnten uns gar nicht von den Illustriertenthemen lösen.
Ich selber machte so einen heiratswütigen Eindruck, indem ich interessiert eine Serie in „Bild der Frau" studierte: 39 Männer suchen eine Frau. Einer saß sogar am Klavier.
In der „Freizeit-Revue" lasen wir über die Fünflinge der Familie Beutelsbacher im Schwäbischen, die jetzt ein Jahr alt sind und prächtig gedeihen.
Buz politisierte noch ein wenig, und ich dachte uns aus, wie die Hochschule nun mit einem Bordell fusionieren muß.

Samstag 22. Januar
Trossingen - Backnang - Stuttgart

Schnieselig feucht und hauchig

Ich rief im Autohaus Framke an, um mit Nachdruck darauf hinzuweisen, daß man mir unbedingt ein Radio mit Kassettenrekorder einbauen möge, denn sonst kann man ja nur Nachrichten hören, und die könnte man doch ebensogut auch in der Zeitung lesen, sagte ich mit Plauderschwung zu dem blassblonden Ladenfräulein, deren Blassesblönde man durch den Hörer natürlich nicht sehen konnte.
„Ich möchte Händel hören!" fügte ich auch noch hinzu, obwohl es fraglich ist, ob das Fräulein überhaupt weiß, wer das sein soll?

Ich bekam einen überraschenden Besuch von Ute M. und freute mich unglaublich!
Rüüührenderweise hat die Ute dem „Musikalischen Sommer" tausend Mark gestiftet, und ich bat sie interessiert, vom Martin, dem Neuen an ihrer Seite, zu erzählen.
Die Ute steht kurz vor ihrer Eheschließung. Termin ist der 5. August, und demgemäß schwebt die Ute nun auf Wolke sieben durchs Leben.
Der Martin sei äußerst genau, gründlich und zuverlässig, erfuhr ich. Worte, die ebenso auf Hildes Mohren „Omar" zutreffen.

Mit Nachwuchs möchte sich die Ute noch ein ganzes Jahr lang Zeit lassen, da Kinder das wohlgeordnete Leben doch sehr durcheinanderwirbeln, und somit wohlüberlegt und geplant sein müßten.
Außerdem möchte sie den Martin noch ein ganzes Jahr lang allein genießen.

Nachtrag 2020: Heute ist Ute M. stolze und glückliche Mutter von zwei wohlgeratenen Söhnen.

Ich sandte die Ute in die Musikhochschule, um Buz zum Mittagessen zu holen.
Das liebevoll zubereitete Mittagessen mußte in eine enge halbe Stunde regelrecht hineingestopft werden, und in dieser halben Stunde rief auch noch Ming an.
Ming war mit frischem Elan erfüllt, weil er eine Stellenliste mit allen zu vergebenden Stellen in den USA bekommen hatte, und in Santa Barbara am Meer sei sogar eine Violinstelle zu besetzen, und da ich doch das Meer so liebe…??..hatte sich der bezaubernde, wunderbare Ming bereits Gedanken um mich gemacht.
Wenn Ming nach Amerika zieht, dann möchte er seine geliebte und angehimmelte Schwester doch möglichst in der Nähe haben!
Buz und Ute M. am Tisch unterhielten sich gerade darüber, daß man heutzutage in freier Wildnis so ohne weiteres eigentlich keinen Partner, bzw. Porrtnr

mehr findet, und Ute M. steht voll dazu, ihren Martin aus der Zeitung heraus destilliert zu haben.

Buz scherzte darüber, wie er jetzt damit anfangen müsse, sich eine Übergangsfrau zu suchen. Es sei schade, daß die Ute *jetzt* heiratet, weil er sonst auf sie zurückgreifen hätte können, schelmte Buz grad <u>wegen</u> der Sicherheit, <u>daß</u> sie jetzt heiratet.

Mir riet Buz, eine Annonce in die Zeitung zu setzen, daß ich einen reichen Mann mit einer Yacht suche.

Was sie bloß alle immer haben mit mir und der Yacht??

Die Ute wiederum meinte, das Wichtigste wäre, er hätte Verständnis für meinen Beruf.

Doch ich bin froh, unverehelicht zu sein.

Ich suche keinen Mann, und schon gar keinen Yachttypus.

Später am frühen Abend:

Während der S-Bahn-Fahrt nach Backnang begann´s draussen zunächst zart und dann immer intensiver zu dunkeln, und in Backnag war´s schon ganz dunkel und regnete dünn, als ich sehr nett von Herrn Renz, dem ortseigenen Kirchenmusiker, abgeholt und zur Kirche schoffiert wurde. Einem Kimu, der wie fast alle Kimus von ganz Baden Württemberg auch schon durch die pädagogischen Hände von Frau Kirwald gerieselt ist.

Doch grad wie die Prinzessin beim König Drosselbart, macht sich Frau Kirwald über all ihre rechtschaffenen Kimus immer bloß lustig – auch

über diesen hier, so daß ich schon leicht vorbeeinflusst war. Sie sagt Dinge wie: „Warum geht er nicht zur Post?" oder aber: „Der geborene Schalterbeamte auf der Bank!" Hahaha! „An ihm ist ein Steuerberater verloren gegangen!" und vieles mehr...
Während der Fahrt erfuhr ich allerhand über ihn: Z.B. daß er vor fünf Wochen zum dritten Male Vater wurde: Silas *am 8.12.99.
Zwei andere Kinder hat er auch noch: Annika und Mattis. (Die Namen erinnerten mich an die Kinder aus Bullerbü.)

Ich spielte mich in der schönen Kirche ein, und lernte dabei den sehr herzlichen Mesner, Herrn Esslinger kennen, der einen Blumenstrauch aufstellte und zu mir mit Wärme sagte: „Sie spielen <u>wunder</u>schön!"
Nach einer Weile sah man etwas zusammengesunken ganz hinten einen ersten Gast, die Veronika, sitzen.

Konzert:
Ein Geistlicher flocht kleine fromme Redensflickerl zwischen die Violinwerke, und hernach schenkte er mir einen Bildband über Backnang.
Sehr nett brachten Veronika und Herr Renz mich auf die Bahn, und um 21 Uhr 19 wurde ich in Stuttgart/Vogelsang an Land gespült.
Wieder erlaubte ich mir den köstlichen kleinen Scherz, von der Telefonzelle vor dem Hause aus

den Omar anzurufen, um ihn als dunkle Silhouette ans Fenster zu locken, und da der Omar einen ganz naturbelassenen Buschhumor in mir hervorzurufen pflegt, bewunken wir uns freudig.

Oben an der Türe wurde ich sehr nett von der Hilde willkommen geheißen.

Der kleine Yussuf wurde soeben liebevollst gebadet, und ihm ging´s somit paradiesisch, wie Vati Omar gleich erzählte, - weil er von einer ganz warmen Wickeltischlampe gewärmt wurde?

„Da kann ich gleich meine Erfahrungen im Babybaden miteinfließen lassen!" rief ich nach Art einer Schwiemu aus, auch wenn ich keinerlei Erfahrung damit habe.

Doch mit diesem Ausruf erinnerte ich mich selber an die rührende Omi Mobbl damals, als sie nach Amerika reiste, um sich fachkundig in die Aufzucht vom kleinen Lindalein einzubringen.

„Da kann ich mich hoffentlich nützlich machen mit all meinen Erfahrungen!" schrieb die Mobbl damals so nett.

Nach dem Badegenuss gab es ein schönes Abendessen (roten Reis).

In der Eßecke lag ein Elternmagazin über „das spannende erste Jahr" herum, und ich warf die Frage auf, ob´s nicht auch Ehemagazine gibt, die „das spannende erste Jahr" thematisieren?

Zum Schluß hat Mutti Hilde noch eine Weincreme von Dr. Oetker „gezaubert".

(Ein Passus wie aus einem Jahresrückblicksbrief der Neckermanns.)

Der Omar hörte iranische Discomusik, und der Säugling lag daneben und zappelte interessiert zu den Rhythmen.

Zum Abschied bebusselte ich das kleine Baby intensivst.

Sonntag, 23. Januar
Stuttgart - Trossingen

Trübes Geschniesel in Stuttgart.
In Rottweil und Trossingen ein Winterrezidiv:
Dick polsterndes Geschnei.
Abends drohte Trossingen
im Schneepürée zu versinken

Rottweil:

Es schneite ganz dicht, aber gleichzeitig auch ganz langsam, wie mit der Handbremse gezogen.

In Stuttgart regnete es dünn, und ebenfalls etwas zäh und mühsam im Tempo.

Der Omar als Moslem mußte ein kleines Morgengebet absolvieren, zu welchem Zwecke er mit einem kleinen quadratischen Teppich verschwand, um sich gen Mekka zu kehren, denn kehrt man sich im Gebet nicht gen Osten, so hat das keinen Zweck und nutzt auch nichts.

Einmal rief Hildes Papi an, um sich zu erkundigen, ob sein Päckchen wohl angekommen sei, zumal der Opa vielleicht plant, seinen Lebensabend bei den jungen Leuten zu verbringen?

Ich erfuhr, daß die Wohnung über denen bald leer würde, und da wäre es doch wirklich eine Option, daß der Opa dort hinzöge?

Zahlreiche potenzielle Nachmieter seien bereits vorstellig geworden, u.A. zwei Herren, die vielleicht schwul sind. Sie seien sehr höflich gewesen, doch der Omar habe die ganze Zeit nur finster geschaut und hernach gesagt, wenn die einzögen, so gäbe es Ärger.

Etwas, worüber sich Hilde und Omar bereits gezofft haben, da die Hilde als moderne Frau dagegen ist, daß solche Leute diskriminiert werden.

Ich fabulierte auch gleich, wie Ming aus Vernunftsgründen vielleicht mal den Herwig heiraten muß, auch wenn er eigentlich nicht schwul ist.

Und wenn er dann mal irgendwo eingeladen ist und vielleicht sagt „das ist mein Mann", dann müssen die Leute alle ganz betont beiläufig reagieren, so als sei dies die normalste Sache der Welt.

Einmal kriselte es leicht zwischen Omar und Hilde, so daß man bemerkt hat, wie der Omar doch auch ungemütlich werden kann, und wie die harmonisch-gemütliche Zeit des Miteinanders im Moment vielleicht nur „das erste Kapitel" ist?

Es fing damit an, daß sich die Hilde suchend nach einem Schnuller für das kleine Yüssle umbog.
„Wo der Schnuller bloß abgeblieben ist?"
„Erst schauen, dann fragen!" sagte der Omar finster, weil sich eine leicht bedrohliche B-Seiten Anwandlung in ihm ein Ventil gesucht hatte.
„Da sieht man mal, wie der Omar immer gut gelaunt ist!" sagte die Hilde und lachte nett.
Da nahm sich der Omar zusammen, war wieder nett, so, wie er es sich vorgenommen hat, und wir schauten uns Fotoalben an.
Der Mars (Hildes Schwager), ein bebrillter Mohr, der vom vielen Chipsessen und Nichtstun in die Breite zu gehen droht, sieht so neurotisch aus, finde ich, und die Hilde mit einer ganz kurzen Frisur sah auf manch einem Bild so reif aus.

Schließlich erklärten wir den Gang zum Hauptbahnhof zu einem regennassen kleinen Sonntagsausflug: Wir fuhren mit der Straßenbahn zum Stadtpark, durch selbigen wir sodann zum Bahnhof liefen.
Auf einem riesigen Stadtteich konnte man so viele Enten und Schwäne bewundern, und imponierend war's allemal, mit anzusehen, wie die Schwäne landen und starten: In atemberaubender Geschwindigkeit, und an Flugzeuge erinnernd.
An einer Stelle hielten die Enten ihren Mittagsschlaf ab, indem sie den Kopf umgebogen und verdreht in ihre plüschigen Flügel gestopft hatten. Sie schliefen nur aus dem einen Grunde, weil es alle taten.

Sonntags hängen Hilde und Omar meist nur so rum, und wissen nichts rechtes miteinander anzufangen, weil sie aus verschiedenen Kulturen stammen, die von ihnen gegenseitig je blöd gefunden werden.
Doch während der Woche wird die Hilde ganz verrückt vor Einsamkeit. Ähnelnd Buzen denkt sie immer, man müsse spazieren gehen, doch es findet sich niemand der mitspaziert, und so schiebt sie den Kinderwagen eben alleine herum, und sagt sich auf Art vom Lindalein: „Ist dies das Leben das ich führen wollte?? – Nein!"

Wir waren am Hauptbahnhof angelangt.
Dort, wo ich mir die Karte kaufte, barschte eine schwäbische Mutti laut und grob gegen ihre beiden Kinder auf, so daß die Herumstehenden gleich mit zusammengezuckt sind, und dann hörte man das eine Kleinkind noch ganz lange laut und barmend heulen.

Wieder daheim in Trossingen:
Im Kreise seiner sehr netten Schüler hielt Buz ein kleines, internes Vorspiel im Raum 132 ab.
Die Koreanerin Maria Kim spielte recht gut, allerdings von Noten, den ersten Satz von Bachs g-moll Sonate.
Buz reagierte verhalten gedämpft auf ihre Bemühungen, auf daß ich denken möge, dies sei doch wohl kaum eine Darbietung im vollen Rahmen ihrer Möglichkeiten gewesen??, und da darüber hinaus

niemand einen gescheiten Klatsch-Herdentrieb auslöste, klang der Applaus nur höflich.

Danach spielte die Petra, begleitet vom Schang-Song am Klavier, Mozarts A-Dur Konzert. Die Linke vibrierte in Ermangelung einer gescheiten Bühnenpraxis, zumindest in Form entblößten Violinspiels, sehr verhalten, und zu viele intonatorisch verquetschte Töne waren dazwischengemogelt, und verdarben den Vortrag leicht. Dann spielte sie auch noch die Biber Passacaglia, und wurde dabei mit der Zeit etwas mutiger.

Zärtlich schaute ich auf meinen süßen Papi mit seiner polierten Stirn, und fand, die Schüler standen ihm so gut.

Abends rief Rehlein an. Rehlein war sehr nett, aber das, was ich über den Opa erfahren mußte, schmerzte: Der Opa sei ekelhaft. „Ja!" sagte Rehlein sogar mit Nachdruck, und ohne falsche Beschönigung. Vorallem zu Ming. Er sei grämlich und unleidlich, und dies zu Menschen, die ihm immer nur Gutes tun.

Er sei ein willkürlicher Despot, und Rehlein ist des Moribündeligen überdrüssig.

Hinterher fühlte ich mich beklommen.

Spät abends:

Bei uns im Treppenhaus hatte der Felix einen grausamen Mord verübt, der auf einen abartigen Geisteszustand schließen ließ: Ein entsetzlich

verstümmeltes Eichhörnchen mit einem halbangebissenen Kopf lag tot da, das Blut tropfte die Stiegen herab, und der perverse und geisteskranke Felix knabberte am Gesicht herum. Auf frischer Tat ertappt.
Schrecklich für den sensiblen Frank als Katzenhalter, der die Bescherung nun bedrückt aufwischen mußte, bevor noch mehr Bewohner etwas von diesem blanken Grauen mitbekamen. Jetzt bekommt der arme Frank eine dumpfe Ahnung davon, wie es sich wohl anfühlt, Eltern eines perversen Frauenmörders zu sein.

Montag, 24. Januar

Kalt, sonnig und verschneit

Spät abends in meiner Wohnung.
Buz war ganz unschlüssig, weil er nicht wußte, wie er morgen losfahren solle, um Rehlein zu treffen.
Nach sooo langer Zeit in Moribundien berühren Rehleins Füße morgen erstmals wieder europäischen Boden – so scheint´s zumindest.
Ich schmierte Buzen ein paar Käsebrote, und der vom vielen Unterrichten leicht Ausgelaugte saß im Schaukelstuhl und richtete den geistesabwesenden Blick auf die Mattscheibe, wo von den ganzen CDU-Skandalen die Rede war.

„Jetzt fährt soeben der Zug von Kassel nach Grebenstein ab!" sagte ich um Punkt 23:01 in zärtlicher Rührung über jenen Zug, in dem sich die wichtigsten Stationen in Omis Leben abgespielt haben: Sogar ihren Mann Gerhard lernte sie einst in der Eisenbahn kennen. Und zu diesen Gedanken und Erinnerungen hörte ich das Zischen der aufbrechenden Lokomotive.

Schließlich las ich Buzen etwas verschämt aus meinem Roman über die freudlose Dichterin Frau Moser in Wiener Neustadt vor (bis Seite 27), und Buz saß nur so da, ohne erkennbare innere Regung, so daß mich die Lesung leicht verlegen stimmte.

Dann schaute er noch „die Liebe einer Blondine" von Miloš Forman, und lief schließlich in die kalte Nacht hinaus.

Mir war es gar nicht recht, meinen Papi durch beissende Kälte und trübe Finsternis entweichen zu lassen.

Dienstag, 25. Januar

Wunderschöner blauer Himmel.
Sahniger Schnee. Arschkalt

Mit den Gemeinsamkeiten zwischen Verwandten und vermeintlichen Freunden ist es ja womöglich ein bißchen so, wie mit den Lottozahlen? Zwei bis drei

Übereinstimmungen lassen sich vielleicht feststellen, und damit hat´s sich dann auch?
Buzen habe ich heute leider nicht mehr gesehen.
Er verabschiedete sich durch´s Telefon, als ich soeben meine Violine ausgepackt hatte, um sie unters Kinn zu klemmen, und ich rang mit mir herum, ob ich nicht doch noch schnell zum Bahnhof wetze, um Buzen noch besser und gescheiter zu verabschieden?
Buz selber riet allerdings davon ab, weil es trotz des wunderschönen Wetters so schrecklich kalt sei!
Minus 16 C°! - und nun suchte der fröstelig Veranlagte bis zur Ankunft des Zuges etwas Wärme in der Telefonzelle.

Am Nachmittag kamen Petra & Tobias zu Besuch:
Ich dachte mir eine Albernheit aus, um die jungen Leute zu erheitern, indem ich uns ausmalte, wie die Petra für die Prüfung ihr Instrument stimmt, und eine Herrenstimme – offenbar der Vater – aus dem Pulk der Hörer heraus laut und ungeduldig „Das A höher, Petra!" ruft.
„Nein, es ist richtig!" sagt eine strenge Frauenstimme - offenbar die Mutti - bestimmt, und dann entwickelt sich ein wüster Ehedisput im Saal über die Köpfe hinweg.
Er gipfelt in dem schamlosen Satz der Frau: „Du bist ein riesengroßes unverbesserliches A – pünktchen, pünktchen, pünktchen……loch, Peter!" und ein Raunen geht durch den Saal.

Der Tobias sieht so nett aus, und lacht auch sehr süß, bloß wenn er den Mund auftut und etwas sagt, dann kommt es mir immer so simpel und schwäbisch vor, was er da von sich gibt.
Wir tranken Kaffee.
Ich erfuhr, daß sich der Celloprofessor Herr Hamann gegen Buzen leicht daneben benommen habe. Unser Papa hatte sich, so wie alle anderen auch, nach dem Wohlbefinden des leider krebskranken Herrn erkundigt – doch bei diesem einen Male war dem Hamann gerade die Galle übergelaufen, so daß er mißmutig gebrummt habe: „Du bist der 104. heut, der mir mit dieser dämlichen Frage kommt!" und dadurch, daß er ja nun wahrscheinlich bald im Sarge liegt und der Deckel draufgeschraubt wird, ist´s ihm wohl auch piepenhagen, wenn er einen Kollegen brüskiert hat?
Es ginge ihm so allmählich auf den Sack, so der Professor derb, daß ein Jeder der mit ihm spricht, sein Gesicht vorübergehend in eine einzige Fläche des Leides verknautscht?
Was er bräuchte, wäre Jemand, der ihm auf die Schulter klopft und knallhart sagt: „Du hast es gut, Alter! Du hast es bald hinter dir, und befindest dich dann in einer besseren Welt. Ich muß vielleicht noch 30 Jahre so rumwursteln. Liebesgram, Ehezwisteleien, finanzielle Engpässe, Zahnschmerzen…" um nur die Spitze eines Eisbergs an nicht berechenbaren Verdrüssen und Verdrussesverdrüssen aufzuzählen, die in 30 Jahren auf einen warten.

Kaum zu glauben, daß Herr Hamann bald im Sarg liegt und vermodern wird.

Dann wechselten wir das Thema, und sprachen darüber, wie es wohl bei Tobias´ Eltern so sei? Gemütlich, aber auch etwas anstrengend.

Ob die Petra wohl *ein* Wort versteht, wenn beim Essen alle wild auf buschschwäbisch schwätzöt?

Und wie es dann wohl ist, wenn man Petras Eltern in Ostfriesland besucht?

Um sich zu integrieren haben Petras Eltern einen Plattdeutsch-Kurs belegt, und reden nur auf plattdeutsch, wenn auch mit leicht rheinischem Einschlag miteinander.

Dann stellte ich mir für die Petra vor, sie würde sich die „Bunte" mit den 50 bestgekleideten Frauen Deutschlands kaufen, und fände sich überraschend selber auf Platz 3.

Die Petra probierte nämlich das Konzertkleid von der Hilde an, das ihr viel zu kurz war, und etwa 40 cm Beinfleisch freilegte. Doch ich lichtete sie darin ab - als Bewerbungsfoto für ihre Bewerbungen.

Abends war ich sehr müd. Ich mußte daran denken, daß der arme süße Ming jetzt mit dem altersgrämlichen Opa allein ist, und Ming tat mir so leid. Ich liebte Ming über alle Maßen, und hätte so gern mit ihm telefoniert. Doch ständig war besetzt.

Zu später Stund´ plauderte ich dann doch noch mit dem süßesten Ming.

Wir hofften, den Opa mit einem köstlichen Loriot-Film, über den er einst Tränen gelacht hat, wenigstens 25 Minuten lang aus der Altersgrämlichkeit herauszuhebeln.

Mittwoch, 26. Januar

Draußen herrschte
atemberaubend intensiver Sonnenschein,
und doch haben wir z.Zt. ein echtes Winterrezidiv

...etwas, was sich mir sehr „unter die Nase rieb", als ich das Auto zum Autohaus Framke fahren wollte, um mir das Radio mit Kassettenrekorder einbauen zu lassen. Die Fenster waren mit beinhart gefrosteten Eisblumen verkrustet, so daß man nicht hindurchschauen konnte.
Ich ließ das Gebläse blasen, doch die Eisblumen schmolzen nicht hinweg, und dies, wo ich mich doch bereits schräg aus der Parklücke hinausgehangelt hatte, so daß vorbeifahrende Autos allesamt einen Hüftschwung machen mußten.

Später fuhr ich dann doch durch Schnee und gleissenden Sonnenschein.
Die Autohausdame trat auf mich zu und sagte: „Frau König! Sie könnöt gloi wieder nach Haus fahrö!" da

nämlich die ganze Belegschaft mit der Grippe im Bett läg!

Das Hinausmanövrieren bereitete mir Pein.

Einmal berumste ich mit meinem Autopo einen Mülleimer, und auf der Heimfahrt formierten sich in meinem Kopf gleich böse OCD-Gedanken: Ob das wohl wirklich „nur" ein Mülleimer war, oder nicht vielleicht doch ein kleines Kind??"

Und dabei hatte ich doch geschaut!

Doch kann man wissen, ob man wirklich *gescheit* geschaut hat?

Daheim hatte ich wieder größte Mühe einzuparken. Ganz gelang es mir erst, als das Auto hinter mir hinwegfuhr.

Ich kam mir fast ein wenig vor, wie jemand der Verbotenes tut:

Einfach durch die Stadt zu laufen um Brötchen zu kaufen, während andere den ganzen Tag lang arbeiten?! Andererseits, so mußte ich wiederum beim Betreten der Bäckerei denken, fruchtet die Arbeit bei vielen ja gar nichts, und beim Klang des leisen Glöckchens wiederum dachte ich dabei an die Professoren, und wie sie nach Art von Quacksalbern, Scharlatanen und musikalischen Kräuterdoktoren an ihren Schülern herumdoktern.

Auf dem Heimweg wiederum dachte ich darüber nach, wie mich die Hilde vielleicht bald besuchen kommt, weil ihr in ihrem jetzigen Leben die Decke auf den Kopf fällt, - und wie man der Hilde vielleicht abraten sollte, den Omar zu heiraten, zumal sie ja aus solch verschiedenen Kulturen stammen, daß es schwierig würde, einen gemeinsammen Nenner zu finden. Ich hätte ganz instinktiv das Gefühl, die fröhliche Zeit jetzt sei nur die Einleitung einer im wahrsten Sinne des Wortes „langen Zeit", bestehend aus würstelartig aneinandergehefteten Tagen von zweifelhaftem Inhalt, die man in ihrer gewundenen und quälenden Ziellosigkeit „Ehe" nennt?

Doch diese Gedanken wischte ich wieder beiseite, und schrieb nach meiner Heimkunft stattdessen einen Brief an Pfarrer Abel.
Ich fühle mich immer in Versuchung, den Pfarrern zu schreiben: „„..und grüßen Sie Ihren „Harem"""' ← und das Wörtchen „Harem" schelmisch in Anführungszeichen zu setzen.

Donnerstag, 27. Januar

Sehr kalt. Verschneit,
und doch wunderbarer Sonnenschein

Strudelartig wurden meine Träume, die mich eben noch so gepackt und als scheinbare Realität umschlungen hatten, direkt aus meinem Kopf in ein schwarzes Loch gesogen, so daß ich ganz benommen hinter ihnen hergedacht habe, und mich somit ganz geistesabwesend ankleidete, denn ich hab mir gedacht, kleide ich mich geistes<u>an</u>wesend an, so wird mein Traumdoc ja sofort eintrocknen, und wenn ich weitergrübele, dann finde ich ihn vielleicht noch im „Papierkorb", wo er sich nochmals auffalten, und im Tagebuch verewigen ließe?

Meine Finger wurden so kalt, daß es regelrecht schmerzte, und ich stellte mir schon bildlich vor, wie sich im Blut Eiskristalle bilden, die rasch um sich greifen, und das ganze Blut drumherum vereisen lassen.
Wie jeden Donnerstag stand ich dann um zwei vor zehn vor der Bibliothek, und hinter der Glastüre konnte man bereits das Bibliotheksfräulein sitzen sehen.
Heute nahm ich die Oper „Rodelinda" von Händel auf, von der ich zunächst gemeint hatte, sie hieße „Odelinda", weil das „R" bis zur Unkenntlichkeit verziert war.
Dazu las ich im *Stern* die unglaublichsten Geschichten.
Das Titelbild mit seiner Überschrift wird unseren Exkanzler wohl kaum sonderlich erfreut haben:
Ist Kohl noch ganz normal?
Dann las ich über den abscheulichen Fallschirmmord in Münster:

Eine Dame fiel mit 180 km/h ungebremst in die Tiefe – tot!
Der Täter, ein Typ wie Buzens Spezi Ulrich von W. – jemand, bei dem „immer was los" war.
Ferner las ich, daß ein Neffe der Kennedys vor 25 Jahren ein 15-jähriges Mädchen mit dem Golfschläger erschlagen haben soll.
Doch erst jetzt wurde Anklage gegen ihn erhoben.

Bei Dunkelheit trug ich einen Brief zum Postkasten, und in der Nähe der AOK- Baar/Schwarzwald traf ich den Waldemar.
„Halloho!" sagte ich nett und versöhnlich.
Der Waldemar lachte freundlich und sagte: „Soll ich mitkommen?" „Nein!" rief ich, „Tschüss!" letzteres färbte ich sogar extra warm und nett ein, weil es wirklich so gemeint war.

In Mainz wurde ein Baby vor einem Supermarkt aus einem Auto geraubt.

Freitag, 28. Januar

Zart sonnig. Schnee.
Leichte Dunstwolkenbildungen

Ich träumte, *daß die Omi Mobbl wieder da war. Mobbln ging´s recht gut. Ihre Stimme klang ganz normal, und gegen Abend bekam sie sogar einen Tobsuchtsanfall gegen die Dame Gerswind, so daß es einem kurz sauer aufstieß. Jetzt hatte man sich zuweilen gewünscht, der HERR würde einen irgendwann mal vom Opa erlösen – doch stattdessen hatte er uns die Mobbl zurückgebracht.*
Mobbl meinte, im Jenseits wäre es nicht so schön gewesen – es hätte vielleicht mehr als ein Jahr gedauert, bis sie sich daran gewöhnt hätte, dort OBEN mitzumischen.
Jetzt mussten wir Rehlein noch anrufen, das ja von all dem nichts ahnte! Oder den Andi! sagte ich frohlockend zu Mobbl, weil ich´s gar nicht erwarten konnte, wie die alle „spitzen".
„Weißt du übrigens, daß der Andi so krank war?" frug ich Mobbln.
Ming war´s, der mit Rehlein sprach, um ihr das Unglaubliche zu erzählen, und Rehlein habe am anderen Ende der Leitung gar nichts gesagt, weil ihr so feierlich zumute war.

Wenn ich mich beispielsweise bei einem Dirigenten als Solistin bewürbe, so könnte ich theoretisch in rührender Naivität schreiben: „Die Violinkonzerte von Bruch und Brahms habe ich bereits „intus". Das Wörtchen „intus" in Anführungszeichen zu setzen, verleiht dem Ganzen doch wohl eine rührende und schelmische Note, fand ich.

Wieder hielt ich um Punkt 13 Uhr eine Mittagspause ab, doch meine Müßiggangsmoleküle reichen eigentümlicherweise nie für eine volle Stunde aus.
So übte ich schon nach zirka 43 Minuten an meinem Programm für Sigmaringen weiter: Öde Repetierungsarbeiten – im Grunde ein Job wie in der Aufwärmeküche.

Joggen am See:
Heute begegnete ich den Reichmanns kurz vor jener Bank, die ich zur Umkehr zu umrunden pflege, und lief dann mit ihnen bis zum Auto.
Bezüglich meiner morgigen Reise nach Sigmaringen machten mir die Reichmanns ein wenig Angst, weil es einen Eisregen geben soll, und am Himmel sah man stellenweise eine zarte Bedeckung, die an Eisschollen erinnerte.
Herr Reichmann erzählte, wie er immer gerne mit Herrn Frosch, dem ehemaligen Direktor der Musikhochschule, plaudere, und ich wärmte die alte Erinnerung auf, wie Herr Frosch in Tübingen den Hut gelüftet hat, als er mich sah.
Dann sprachen wir darüber, daß die Trossinger sehr höflich seien, so daß man fast meinen könnte, man befände sich in Japan, und ich wiederum erzählte, daß sich die Japaner gegenseitig mit Höflichkeiten zu bewerfen pflegen.

Am Auto angelangt wurde Herr Reichmann dann direkt etwas philosophisch und meinte, sie mit ihren 70 Jahren wären bereits durch die Schule des Lebens gegangen, und lebten nun ganz für sich, um nicht mehr enttäuscht zu werden.
(Etwas, was ich jetzt schon tue.)
Abends ging ich in die Hochschule, um meinen Programmzettel für das morgige Konzert zu kopieren.
Das Gerät musste sich erst 5 Minuten lang aufwärmen, und so lief ich durch das um diese Zeit sehr ruhige Gebäude. An der Littfaßsäule war ein Artikel von Herrn Reimer über die Kunst hingepappt worden, doch ich finde seine Artikel so anstrengend, daß ich beim Lesen meist nicht sehr weit komme. Auf einem Zeitungsbild konnte man sehen, wie Herrn Reimer vor zwei Tagen schon wieder ein Scheck über 10 000 Mark überreicht worden war.
Inzwischen kann man es nicht mehr hinwegbeschönigen, daß er ein verstaubter, freudloser Beamter geworden ist, der nun mit Siebenmeilenstiefeln auf die 60 zugeht. Wären wir Freunde geblieben, so hätte ich das vermutlich gar nicht bemerkt, so aber tritt mein Schweiß natürlich zurück, wie einst jener von Tobias Knopp, wenn ich ihn wiedersehe.
Zu diesen Überlegungen meinerseits mühte sich der Professor Kebab die Treppen herab, und es gab kein Entrinnen mehr. Eine Begegnung war unausweichlich geworden. Allerdings muß man

sagen, daß der Professor, wie er so vor mir stand - lang und hölzern wie eine Latte mit einer Bürstenfrisur, eine wirklich sehr nette Ausstrahlung hatte.

Stolz erzählte er, wie er demnächst ein „Weber-Seminar" abzuhalten plant, und etwas frech, wie es seinem Naturell entspricht, sagte er über einen chinesischen Pianisten, den er zum Beklimpern der Musikalischen Szenerie angemietet hat laut, so daß es ein Jeder hören möge:

„Er studiert bei Herrn Wagenhäuser. Trotzdem spielt er ganz gut."

Ich stand vor dem Professor und dachte: „Wenn ich die Arme vor der Brust verschränke, so sagt dies dem Körpersprachskundigen, daß man ihn sich vom Leibe halten will. Also ließ ich die Arme links und rechts herabbaumeln, um nicht als sprödes und zugeknöpftes Fräulein dazustehen.

Dann gesellte sich der Cembalo-Assistent Dieter Weitz, der mit dem Professor gar „per Du" ist, zu uns.

Auf eine ungehobelte Art hatte er sich einfach hinzugestellt und bezog mich als Frau überhaupt nicht in die Gespräche mit ein, obwohl ich immer versuchte, nette Einwürfe zu machen.

Mir ging es somit so, wie es Rehlein ständig geht.

Was die Stelle in der Musikakademie in Kassel betrifft:

Es heißt, ich könne einen Nachmittag in Kassel bekommen – doch es sei geklüngelt worden, und die gerechtigkeitsliebende Schwäbin Almuth Steinhausen, die dort angestellt ist, wollte mich schon anrufen, um zu fragen, ob ich wohl *wirklich* gefragt worden bin?

Samstag, 29. Januar\
Trossingen - Sigmaringen

Stürmisch, verregnet, etwas verschneit

Zum Frühstück mischte ich mir Quark und Joghurt mit Haferflocken, und im Fernsehen wurde soeben verkündet, daß Johannes Rau sein Dienstflugzeug sehr wohl zum privaten Umeinanderjetten benutzt habe, so daß es den vielen Otto-Normal-Verbrauchern unter uns schon wieder faustdick unter die Nase gerieben wurde, daß die Politiker ausnahmslos Halunken sind, bzw. daß unser Staat auf Halunkenarmen ruht, und die Frömmigkeit nur Tarnung, oder Mittel zum Zweck ist.

Dann fuhr ich bei dünnem Regen ab, und die Autofahrerei freute mich in gewisser Weise – d.h., wenn einer hinter mir fuhr, so freute sie mich weniger, und hi und da wurde ich auch noch überholt.

Manchmal aber, wenn ein Autofahrer hinter mir gebührend Abstand hielt, war mir kurzzeitig ganz feierlich zumute, weil mich der freudige Gedanke beflutete: „Sie akzeptieren mich als eine der Ihren!"

Um Punkt 17 Uhr lernte ich vor dem Kirchportal in Sigmaringen Ralf Wagner kennen: Einen patenten Typen, der mich allerdings leider, wie fast alle Herren, verlegen stimmte.

Als ich dann aber auf der Bühne vor mich hinübte und sah, daß er in meinem Windschatten organisatorisch herumwerkelte, spielte ich so schön und leidenschaftlich, wie ich nur konnte, und gab mich meinem Hörer Ralf Wagner symbolisch gesehen, ganz hin.

Ein Herr verfrühte sich um eine ganze Stunde, und saß als einzelner Hörer da, als ich das Präludium von Bachs E-Dur Partita übte. Ein Werk, bei dem man schlecht innehalten kann – so, wie wenn man Serpentinen hinab fährt. Eine Umdrehung gebiert die Nächste, und Haltestellen gibt es nicht.

Nach dem Konzert zahlte mir Ralf Wagner in der sehr gemütlichen Sitzecke in dem so herrlich reinlichen Gemeindehaus 700 Mark aus, so daß ich nun bis auf weiteres wieder in Saus & Braus leben kann. Er war sehr freundlich und bemühte sich auf schwäbisch-hölzerne Weise seinem Wohlgefallen Ausdruck zu verleihen.

Traurigerweise bekam er wenig später mit, wie ungeheuer stümperhaft ich Auto fahre: Beim Wenden z.B. stand ich gleich ungeschickt quer, und dabei hatte er mir soeben so nett den Vortritt gelassen.

Mit den 700 Mark in der Tasche fühlte ich mich augenblicklich wie einst der dicke Ezechiel, und mietete mich im „Hotel Traube" ein, auch wenn man ohneweiteres durch die Nacht nach Trossingen hätte zurückfahren können.

Sonntag, 30. Januar
Sigmaringen – Trossingen

Die Wolken huschten z. T. auseinander

Mir träumte *ganz viel:*
U.a., daß ich mir eine Jahreskarte für die Stuttgarter Straßenbahn kaufte und mich schon freute, daß ich mir um dieses Kapitel nun keine Gedanken mehr machen muß.
Zusammen mit der Hilde fuhr ich mit der Straßenbahn, und in einem Tunnel ließ sich eine junge Kontrollöse die Ausweise zeigen. Bei dem Meinigen hätte ich <u>zwei</u> Punkte hinweglösen müssen. Die Kontrolöse seufzte, und meinte, dies koste mich nun leider 20 Mark.

Ich flippte unflätig aus und schrie herum, daß ich die auf keinen Fall zahle, und beschimpfte die Kontrollöse mit wüsten Ausdrücken.
„Jetzt krieg ich wahrscheinlich auch noch gleich eine Klage wegen Beamtenbeleidigung??" höhnte ich meinen eigenen Worten hinterher.
Später gab mir die Kontrollöse einige 5 und 2-Mark Stücke, die mir aus der Tasche gefallen seien. Ich war bereits ein wenig versöhnt, und frug versöhnlich, ob sie nicht ohnehin 20 Mark von mir haben müsse?
Dann träumte ich von Ofenbach:
Der Opa saß wie alle Tage auf der Eckbank, und Rehlein rief mich heraus, damit ich bei der Quittenernte behilflich sein möge.
Direkt vor unserem Haus stand in unwirklicher Beleuchtung ein riesengroßer Quittenbaum, der das ganze Firmament auszufüllen schien.
Man hörte noch, wie der Opa streng zu einem Erntehelfer sagte: „Aber nichts essen!"

Ich war richtig gerührt, zu sehen, wie schön mir der hölzerne Herr im Hotel das Frühstück gerichtet hat.
Grad so, als sei ich ein Vielfraß:
Eine riesige Käseplatte, und die gekühlten Butterwürfel zwischen den Käsesorten waren künstlerisch mit Salatstreifen umgarnt.
Hinzu gab´s eine große Karaffe mit Orangensaft und eine ebenso große Thermoskanne mit frisch gebrühtem Kaffee.
Diesem Herrn machte ich nun ein Kompliment:

Wörtlich sagte ich: „Ich muß Ihnen ein Kompliment machen: Das Zimmer war fantastisch. Am liebsten würde ich für immer hierbleiben!" und der Herr lächelte erfreut, weil er solch warme Worte von einer Dame in seinem freudlosen Leben gar nicht mehr gewohnt ist.

Dann fuhr ich ab, und leider fuhr ich zu Beginn etwas dilettantisch: Zunächst schlängelte ich mich eine enge Gasse hinan, wo man vielleicht gar nicht Auto fahren darf, denn mehrere Senioren schauten mich leicht empört an, so fand ich, und dann kam ich an ein ganz enges Tor, durch welches mein Auto kaum hindurchpasste. Doch dahinter lief´s…

Als ich schließlich in der Musikstadt Trossingen eintraf, zeigte die Optikeruhr soeben 5 vor 12, und ich empfand Trossingen als trostlos, so daß es mich gleich wieder hinwegzog.

Am Abend rief ich meine Freundin Simone an, und brachte es sehr treffend mit Worten auf den Punkt: Jetzt kann ich wieder richtig Auto fahren, und immer wenn ich zuhause bin, dann denke ich: „Warum bin ich denn jetzt zuhause?? Ich könnte doch jetzt auch woanders sein!"
Nun war ich aber erstmal zuhause, und war es gleichzeitig nicht, weil ich mich hier eigentümlich fehl am Platze fühlte.

Ich rief Rehlein & Buz an, weil ich ihnen nach jeder Reise sagen muß, will und sollte, daß ich gut angekommen bin.
Meine Eltern sind mir das Liebste auf der ganzen Welt.

Montag, 31. Januar

Zuerst düster und dick bewölkt – dann veränderte sich die Himmelstönung zu ihren Gunsten: Zart, warm, rötlich timbriert und schön

Am Morgen rief Buz an und riet, Herrn Uhlenbruck anzurufen. Der süße Buz instruierte mich, was ich ihm, dem Direktor der Kasseler Musikakademie sagen solle.
Ich fühle mich einfach nicht zur Violinlehrerin berufen, und mir scheint hinzu, das ganze Talent, das hierfür in unserer Familie bereitgestellt war, sei zu 100% an Buz verteilt worden, so daß für mich nichts übriggeblieben war.
Einmal rief mich Ute B. an.

Die Ute sucht ein Kindermädchen, und ich pries mich selber an, da ich so gerne einen Job hätte, der nichts mit Geigen zu tun hat.

Obwohl dieser, wie fast alle Jobs, ganz am Rande natürlich doch etwas mit Geigen zu tun hat: Kindermädchen bei der Geigenlehrerin.

Etwas backfischhaft redete ich mich bei der Ute sogar in Glut – wie es wäre, wenn ich einen der Brüder vom Hubert heiratete?

Der Frank (der Koch) sei noch frei, - doch ich hätte so gern den Fahrlehrer abbekommen, flachste ich, weil's so lustig wäre, wie die Verwandtschaft staunt, daß ich ausgerechnet einen Fahrlehrer heirate, nur um mit der Ute verwandt zu sein.

Februar 2000

Dienstag, 1. Februar
Trossingen

Draussen ist es warm und schön geworden,
und ein Himmel wie in Afrika
beleuchtete unsere Stadt in warmen Rottönen.
Nur am Abend zogen zarte Wolken auf

Jch war ein bißchen nervös und hippelig, weil ich um zehn Uhr Herrn Uhlenbruck anrufen sollte.
Herr Uhlenbruck ließ sich allerdings zunächst verleugnen, da ihm nicht so sehr nach Herum-druckserei zumute war.
Beim zweiten Versuch sagte die Sekretärin knapp: „Die Stelle ist besetzt!" und Herr Uhlenbruck telefoniere gerade.
„Wann kann man ihn wohl mal erreichen?" frug ich.
„Das ist jetzt schlecht", zögerte die Sekretärin, „weil jetzt Prüfungszeit ist!" ← grad so, als wenn Herr Uhlenbruck weiß Gott wie bedeutsam wäre, und seine Privatnummer hat sie mir auch nicht herausrücken mögen.
Theoretisch hätt´ ich sie jetzt mit den Worten: „Aber als Betthäschen war ich ihm wohl gerad gut genug?!" anblaffen können, so daß sich die Sekretärin „ihren Teil" denkt.
Vielleicht wäre sie aber auch ganz erschüttert, da sie doch selber sein Betthäschen ist?

Heute schrieb ich einen Brief an Jörg Färber, und einen anderen im Namen vom Ingo an André Rieu, damit Rehlein sieht, daß ihre Anregungen ernst genommen werden.
„Ihr sehr ergebener Diener Ingo Höricht!" schrieb ich am Briefesende.
In mir ballte sich ein wenig Schwung zusammen, daß die in Kassel mich kennenlernen sollen – zumindest dahingehend, daß sie mir meine Fahrkarte ersetzen müssen.
Wild und aufgeregt suchte ich daran herum und konnte es nicht fassen, daß Dinge, die man braucht, einfach verschwinden, *obwohl* man aufgepasst hat!
Dann fand ich die Karte aber doch…
Rehlein hätte sich sicher schon Gedanken gemacht, was sie denen in Kassel jetzt für einen geharnischten Früchtebrotbrief schreibt – jedenfalls war´s in Kassel ständig besetzt, und ich bildete mir sogar leicht ein, man habe extra wegen mir den Hörer neben die Gabel gelegt.

Dann rief mich überraschend die Valerie aus Tuttlingen an.
Ich erfuhr, daß die Valerie bald frühberentet wird, da sie ein vegetatives Nervenleiden habe, und ihre Bewegungen leider nicht mehr gescheit koordinieren könne.
Später, beim Trimmen stellte ich mir vor, wie ich morgen die Parte von der Valerie bekäme, worauf zu

lesen stünd, daß die Valerie am 31.1.2000 im Alter von nur 35 Jahren verstorben sei.
Wer aber hat mich dann gestern angerufen?

Heute begegnete ich ständig dem Waldemar.
Das erste Mal radelte er mir in der Kurve bei den Rehkäfigen entgegen, und sagte devot: „Ich mache dir Platz!" doch nervig war's, die ganze Zeit das knirrschende Rad vom Waldemar hinter mir zu spüren.
Er mit seiner Flickenkappe und dem schiefen Mund erinnert an einen Serienmörder.
Aber vielleicht ist er auch ein ganz netter Mann, und die an für sich nicht unlöbliche Gewohnheit, in den Abendstunden mit dem Fahrrad herumzuradeln, hat er sich womöglich aus seiner Burschenzeit beibehalten?
Einmal frug er mich, was ich für Musik spiele?
„Ich spiele Geige", verriet ich.
„Dann muß ich bei Dir lernen!" sagte er zwiefach auf ausländerdeutsch.
Er stammt aus Rostow am Don – einem Ort in Südrußland, von dem ich bislang noch nichts gehört hatte.
Dann frug er mich murmelnd nach meinem Alter und schätzte mich einfach auf 40!
Als ich an der Straße auf das Grünen der Ampel wartete, feuerte er auch noch eine Kostprobe seiner Religiosität ab:

„Wir haben nicht mehr viel Zeit. Die Welt geht bald unter! Willst du immer allein bleiben?"
Später sah ich an allen Ecken und Enden lauter Waldemars auf dem Fahrrad. Ich stellte mir vor, wie ich daheim die Wohnung aufschließe, und da sitzt der Waldemar an meinem Tisch und wartet auf meine Heimkunft und darauf, daß ich ihn gescheit bekoche.

Mittwoch, 2. Februar

Grau bewölkt

Die neue Freiheit, ein Auto zu besitzen wird mit einer quälenden Entscheidungspein bezahlt: Wohin?

Am Abend um 20 Uhr 15 wollte der Prof. Kebap im Raum 165 mit seinem sorgsam ausgetüftelten Vortrag über Franz Liszt loslegen.
Die Reimers waren extra nachhause gefahren, weil es sie nicht interessiert.
Ich aber schwankte beim Üben innerlich herum, ob ich dort hingehe? obwohl's sicher langweilig und unverständlich wird, wie alle Seminare vom Professor.
„Doch was, wenn niemand den Vortrag besucht?" meldete sich eine andere, nettere Stimme in mir zu Wort.

Theoretisch könnten Nicole und Herr Kebap ja einen Kassettenversand aufmachen, so wie der Pfarrer Abel („die Heiligen werden kommen").
Ich blieb dann doch daheim, weil ich es bislang ausnahmslos immer bereut habe, hingegangen zu sein, und der Professor wiederum ausnahmslos nie in unsere Konzerte kommt.
Und doch fühlte ich mich schäbig und schlecht dabei.

Donnerstag, 3. Februar

Durch z.T. düsteres Wolkengebräu fraß sich altrot
und wärmend die Sonne durch.
Dann wieder schlicht grau

Ich träumte, daß *ich in einem langen und nur spärlich beleuchteten, breiten Flur das Häusl suchte. Es befand sich ganz am anderen Ende, und auf dem Weg dorthin lief ein Mann mit einem Blindenstock. Plötzlich rannte er mir hinterher, und als ich einen Haken schlug und umkehrte, blieb er einfach stehen.*

Dann stand ich auf, und fühlte mich - so in der Schwärze der Nacht - noch etwas wattig auf den Beinen. Ähnelnd einem Vogel, der vielleicht soeben zu seiner eigenen Überraschung aus einem Ei geschlüpft ist, und sich mit dem ganzen Drumherum auf Erden erst einmal vertraut machen muß, bevor er sich ein Urteil erlauben darf?

Meine Karrierestunde am Vormittag war mühsam und unergiebig.
Vorallem der Dr. Frenzl in Innsbruck war so lähmend und uninspirierend.
„Dös hat kaaanen Zwääägg!" sagte er dauernd desinteressiert, weil er meint, eine CD sage überhaupt nichts aus, und er wende sich lieber an „Austro-Concert", um seine Konzerte gescheit zu bestücken.

Einmal rief mich Veronikas Mutti an, um sich zu bedanken, daß ich so viel Geld für das Auto auf ihr Konto überwiesen habe.
Da lacht man doch: Tausend Mark für ein nahezu neuwertiges Auto*, das doch wohl etwa 27 000 Mark wert sein dürfte!
Man hätte mir das Auto doch geschenkt!
Doch dies wäre mir peinlich gewesen.
Dafür wolle sie mir aber die Versicherung schenken, sagte die alte Dame warm.

*Dieses Auto hatte sich die Veronika eines Tages gegönnt: Stolz wie Bolle fuhr sie damit zum Dienst, und parkte es auf dem Mitarbeiterparkplatz der Oper. Doch als sie nach der Probe wieder nach Hause fahren wollte, begannen die Schwierigkeiten: Auf der Suche nach einem Parkplatz wurde die Veronika durch die ganze Stadt geschwemmt. Fuhr den ganzen Tag herum und den ganzen Tank leer, und dies drohte ihr nun jeden Tag!

Da schenkte sie das Auto ihrem alten Papi, der damit vielleicht ein- oder zweimal zum Getränkeholen in den nahen Supermarkt gefahren ist. Doch dann erlitt der alte Herr einen Schlaganfall und das Auto stand nur noch so rum... bis man rührenderweise an mich dachte.

Mutti Himstedt, in Plauderschwung geraten, erzählte weiter aus ihrem Leben. Ich erfuhr, daß ihre zweite Tochter Franziska von ihrem uralten Freund, Herrn Herberger, schon mehrfach nachts um zwei Uhr angerufen wurde. Wegen seinem Uraltherz, das leider nur noch sporadisch funktioniert.
Mutti Himstedt sieht das gar nicht gern, weil doch die Franziska ihren Schlaf braucht, und keine Krankenschwester ist.

Erst zur Mittagsstund' war ich mit meiner Karrierearbeit fertig. Für mich immer ein freudiges Gefühl jener Art, als sei die Schule aus.
Z.Zt. höre ich „Semele" Teil drei (eine Oper von Händel), und eine Meckerarie hört sich an, als müsse die Sängerin rasendst auf's Klo, und sänge das, was zu singen ist, vor der verschlossenen Klotüre.
Dann übte ich die steilen Läufe in den Zigeunerweisen – durchwoben mit der bangen Frage, ob's überhaupt was brächte? Mal klappt's, dann wieder nicht.
Bißl so, als probe man einen Salto: Manchmal landet man glücklich auf den Füßen, dann wiederum auf dem Po.

Ich schrieb mein Briefabbo an die Simone, und erging mich in Psychologaten darüber, daß es für den erwachsenen Menschen schwierig sei, überhaupt Briefe zu schreiben, vorallem wenn man ein Leben führt „wie bisher".

Ich ginge nicht mehr ins „Milano", und Freunde habe ich auch keine mehr – bloß den Waldemar, der mit seinem Fahrrad in Schritt- oder Hoppelgeschwindigkeit neben mir herrollt, und mich für die Bibel zu begeistern sucht...

Ich begegnete dem Prof. Kebap, was mir ein wenig peinlich war, weil ich gestern aus Mangel an Interesse sein Liszt-Seminar nicht besucht habe.

Diesmal strebte der unermüdliche Analytiker zu einem Strawinski-Seminar.

Es gäbe ja ein paar absolute musikalische Analphabeten, sagte er fast kampfeslüstern, und schaute mich ein bißchen so an, als ob ich vielleicht auch dazu gehöre?

Dann scherzte er, daß der Rektor es wünsche, daß die Hochschule in ein Haus aus Stadtpfeifern verwandelt würde.

Freitag, 4. Februar

Sonnenschein

In der Bibliothek:
Ich las in alten Kulturjournalen. Z.B. ein Interview mit David Geringas, dem Solocellisten des NDR, der so viele internationale Kontakte hat, daß ich mir mit den Meinigen ganz klein und hinterwäldlerisch vorkomme.
„Ich war der Letzte, der mit Kondraschin telefoniert hat!" brüstete sich der abtrünnige Sowjet-Cellist. „Nach dem Telefonat erlitt er eine Herzattacke und fiel tot um."
Und ich wiederum überlegte mir, wie dieses letzte Telefonat des großen Dirigenten wohl ausgeschaut haben mag?
„Hallo? Hier spricht David Geringas – erinnern Sie sich an mich?"
„Hä"
(Wiederholung der vorangegangenen Worte)
„Verstehe nicht...."
(Wiederholung der vorangegangenen Worte)
„Entschuldigung – etwas mit der Leitung scheint mir im Unlot. Ich verstehe kein Wort."
(Wiederholung der vorangegangenen Worte – wenn auch etwas lauter, und hinzu langsam und höchst bedächtig gesprochen.)

„Ach, ich glaube, ich weiß wer Sie sind. Sie sprechen wegen der defekten Waschmaschine vor...? Ich leite Sie an meine Frau weiter..."

Im trostlosen, fensterfreien Posaunentrakt der Hochschule hing ein Zettel:
Während der Arbeitsphase war einer Studentin ein teurer Hill-Bogen entwendet worden.
Dem Entwender würde die Gelegenheit geboten, den entführten Bogen bis zum 15.2. zurückzubringen – hernach aber würde die Polizei ihre Recherchen aufnehmen.
Abends rief Ming an:
Heute sei die absolute Katastrophe passiert, so Ming: Der Haider ist an die Macht gekommen, und Österreich sei jetzt bräunlich und nähme in Europa eine ganz isolierte Position ein!

Samstag, 5. Februar
Trossingen - Schweinfurt

Zart-sonnig.
Nachmittags war´s manchmal richtig angenehm,
Auto zu fahren

Buzens französische Schülerin Marie-Helene hatte sich mit krächzeliger Stimme krankgemeldet, und nun suchte ich die Hochschule auf, um diese betrübliche Meldung zu überbringen.

Buz unterrichtete heute im Zimmer 208, da sein eigenes Zimmer 207 von einem anderen Pädagogengespann usurpiert war.

„Prof. James Creitz" konnte man neben der Türe lesen.

Die Han-Lin traute sich nicht in das geheiligte Zimmer, aus welchem ein Mozart-Konzert herausschallte, oder auch nur „schalte", weil´s leicht schal und schlapp klang.

Mit einer lustigen „Pssst-Geste" - in einem schmerzverzerrten Gesicht mit einem in die Höhe gereckten Zeigefinger auf den Lippen und auf Zehenspitzen geleitete ich sie hinein.

Maria Kim spielte recht gut Mozarts A-Dur Konzert, und der Schang-Song spielte leicht stümperhaft auf dem Klavier dazu, weil´s leider so unpianistisch gesetzt sei, wie ich bald darauf erfuhr.

„Marie-Helene a la grippe!" sagte ich Buzen, weil ich endlich den Französisch-Unterricht aus der Schulzeit für das wahre Leben gebrauchen konnte.

„Elle lit dans le lit. Elle est malade!" fügte ich noch schnell hinzu, um alles anzubringen, was ich kann.

Dann bat ich Buzen, der Omi nicht zu sagen, daß ich komme.

Ich wolle sie von der Grebensteiner Telefonzelle aus anrufen und Worte drum ranken, daß es schade sei, daß man sich aus zeitlichen Gründen nicht besuchen könne.

Und auf diese Überraschung freute ich mich wie ein kleines Kind.

Buz geleitete mich noch vor´s Haus, und wollte mir unbedingt 500 Mark für meine Unterrichterei zustecken, doch ich wiegelte ab, weil Buz doch mein Vater ist, und ich´s doch selbstverständlich ehrenamtlich tu.

Heute herrschte „Jugend-Musiziert", und im Foyer der Musikhochschule wurde köstlicher selbstgebackener Kuchen verkauft.

Bei einem der ehrenamtlichen Verkäufer handelte es sich um meinen ehemaligen Stammtischbruder „Karl Wenzl".

Wir hatten uns bereits so viele Jahre lang nicht mehr gesehen, daß ich jetzt frug: „Bist du hier als stolzer Jugend-Musiziert-Vater?"

„Als Jugend-Musiziert-*Vater* leider nicht!" sagte der Karl, und betonte das Wort „leider" auf gefühlvollste Weise, so als sei er ein großer Kinderfreund, der sich sehnlichst Nachwuchs wünscht.

Dann fuhr ich ab.

Mein Auto röhrte so laut, daß mich mein Entschluß, mit dem Auto zu fahren, schon jetzt ein wenig reute.

Ute und Feli standen bereits vor der Türe, als ich herbeirollte, und lachten je so unglaublich herzlich und freundlich, aus lauter ungläubiger Freude, daß ich komme, und die süße kleine Feli strahlte vor

Begeisterung. Oben streckte Vati Hubert den Kopf aus dem Fenster.
Mein neues Radio ließ sich nicht mehr abstellen.

Oben kochte der Hubert für seine Lieben, und ein Duft, der den Genußfreund trunken machen will, zog sich bereits durch den Flur.
Ich stellte mir vor, wie man Rosi und Feli später als Vorzimmerdamen einsetzen könne: Die eine in der Musikschule, und die andere in der Zimmerei.
Die Feli klopfte unter dem Tisch mit ihrem Plastikpferdchen herum, und als Vati Hubert mahnend sagte: „Feli, laß das bitte!" sagte die Feli ganz im Sinne der König Methode: „Das bin nicht ich. Das ist das Pferdchen!"
Nach dem Essen durfte die Feli ganz offiziell auf dem Sofa herumhopsen.
„Höher!" rief der Hubert animierend, da es ihm eine Herzensangelegenheit ist, daß die Kinder eine traumhafte Kindheit verleben.
Die Feli sagt zur Ute manchmal „Ute!", und die Ute sagte: „Nenn mich doch bitte „Mama", ich heiß doch „Mama" und nicht „Ute"!" und dabei heißt sie ja <u>doch</u> so.

Abends mietete ich mich in einem schlichten Hotel in Schweinfurt ein.
„Hotel Mangold", so hieß es.
Ein Zimmer mit WC und Dusche hätte 85 Mark gekostet, doch das kleine quadratische mit der

allerdings sehr hübschen Blümchentapete, kostete nur 50.
Zum Duschen brauchte man jedoch spezielle Duschmarken, und das heiße Wasser fließt „nur" 7 Minuten lang.

Sonntag, 6. Februar
Schweinfurt – Grebenstein

Zart-sonnig auf der Reise.
In Grebenstein frisch, so jedoch herb

Ich bedünkte mich als einziger Gast im Hotel, denn wer reist um diese Jahreszeit schon nach Schweinfurt?
Und die Belegschaft im Hotel Mangold würde am Sonntag doch sicherlich gerne ausschlafen?
Doch unten im Frühstückssalon saß bereits ein schweigsamer Gast mit einem runden Kopf und löffelte ein Müsli.

Nach dem Frühstück verabschiedete ich mich rasch, und zwirbelte mich gekonnt aus Schweinfurt hinaus.
Als ich dann auf der Autobahn Richtung Kassel fuhr, und meine schöne Oper „Rodelinda" hörte, ergriff mich ein richtiggehendes Autobahn<u>hoch</u>gefühl.

Da treibt man, wie vom Winde bepustet und gepuscht so dahin.
Am Anfang von „Rodelinda II" befindet sich ein richtiger Hit.
Es ist also eine Tätigkeit, die getan werden muß:
Die ganzen Werke von Händel durchzuforsten, und sich durch Sequenzen, Leierarien und Rezitative zu fressen, da man sonst so viele Hits niemals kennenlernen würde.

In Grebenstein zwängte ich mich in die gelbe Telefonzelle am Fuße des Burgbergs:
Erst beim zweiten Versuch erwischte ich den kleinen Lebensrest, der unsre einsame kleine Oma noch ist.
Ich tat so, als absolviere ich einen Höflichkeitsanruf einer typischen Enkelin aus Trossingen.
Es sei schade, daß man sich so selten besuchen könne, doch ich sei derzeit absolut unabkömmlich, und könne mich, auch finanziell, „beim beschden Willen" nicht nach Grebenstein begeben – kehrte ich in erhöhtem Maße eine junge schwäbische Enkelin hervor.
Die Omi hatte soeben Besuch von der Barbara gehabt, die gekommen war, um der Omi ein wenig aus der Zeitung vorzulesen, und kaum warse dann wieder aus der Tür, da sagte die müd und alt klingende Omi: „Ich bin immer froh, wenn das Mädchen weg ist!"
„Omi! Wie schade, daß ich immer keine Zeit habe, um auf Besuch zu kommen!" sagte ich in falscher

Scheinheiligkeit, doch dann legte ich bald schon den Hörer auf und eilte den Burgberg hinan.
Nichts wie zur Omi!
Vor der Türe hängt eine Glocke aus Stroh, und immer wenn man klingelt, muß man ganz lange auf ein Lebenszeichen warten, weil die Oma alt und langsam geworden ist. Doch schließlich summte die Türe.
Ich wollte die Omi doch überraschen, doch dann war *ich* die Überraschte!
„Kommense rein!" sagte die Omi müd, weil sie mich für die Putzfrau hielt.
Dann freute sie sich zwar, doch wie ich fand einfach nicht genug, weil ja auch das Freudenfeuer in einem so langsam verglimmt, wenn man alt wird.

Abends ging es zwischen der Omi und Frau Kionczyk*, direkt leicht ungemütlich zu, weil sich die Damen über den Ernst-August** uneins waren.

*Frau Kionczyk: Eine Dame, die ehrenamtlich für die Omi zu kochen pflegt. Dies als Dank dafür, daß die Omi sie einst mit einem weisen juristischen Ratschlag vor einer großen Dummheit bewahrt hatte.
*Der Pinkelprinz (Prinz von Hannover)

Der Omi wurde ganz ganz kribbelig von dem dummen Gerede, und Frau Kionczyk sagte einmal hefeweich: „Stellense sich vor „es" (ich) heiratet den Prinzen, und er schläääägtse!"

Und dann ging und gingse nicht und laberte das dööööfste und uninteressanteste Zeug das man sich überhaupt nur vorstellen kann.

Doch als sie dann endlich weg war, verlor sich die Omi in einem Dauertelefonat mit dem Onkel Hambum.

Ganz zum Schluß wurde es dann aber doch noch nett mit der Omi:
Ich erzählte von Rosa Sprongl* und ihrer Altersgrämlichkeit...
*Einer heut uralten Dame, die einst in einer Garküche gearbeitet hatte, die zu einem Restaurant gehörte, in welchem der Komponist und Hagestolz Norbert Sprongl seine Mahlzeiten einzunehmen pflegte.
Und am gemeinsamen Nachnamen erahnt der Leser womöglich bereits, wie diese Geschichte weitergegangen ist?
Dem Komponisten war nahegelgt worden, sich eine Frau zu suchen. „Es muß ja nichts besonderes sein. Eine, die gescheit für Dich kocht, und nachts ein wenig wärmt – denn die lebenden Wärmflaschen sind doch wohl immer noch die besten!" so wurde ihm geraten.

Und dann erzählte ich der Omi noch wie Frau Messner aus dem Tal in Trossingen sanft entschlief, da man ja annehmen darf, daß der Mensch immer an Geschichten über Art- bzw. in diesem Falle Altersgenossen interessiert ist, und dann holte ich aus Omis Schrank zwei alte Photographien herbei.

Die eine zeigte die Omi als etwas strenge und herbe
20-jährige, und die andere zeigte *ihre* Oma.

Ich schoß ein, wie ich hoffte, interessantes Foto:
Wie sich die Omi jetzt als alte Frau in jenem Foto
spiegelt, daß sie als einst Zwanzigjährige zeigt.

Montag, 7. Februar
Grebenstein - Aurich

Hi und da Regen.
Wind, manchmal auch schönes Wetter

Tief in der Nacht rief die Omi mit ihrem dünnen
Stimmchen:
„Franziska!"
Ich meinte, mit der alten Dame ginge es vielleicht
zuende, aber es war bloß, daß das kleine Radio, das
sich die einsame Omi immer mit ins Bett nimmt, im
Deckengebräu verschwunden war.
Wegen der Kälte hatte ich noch eine warme Decke
aus dem Deckenstapel gezupft, und danach hatte es
einen Deckenerdrutsch gegeben. Ührchen und Radio
waren ihrer Position beraubt.
Omi: „Wo hast´s denn hin??".... „Biddö?"
Nachts und ohne Hörgerät versteht sie kein Wort.

Doch man muß auch verstehen, daß die Omi ohne Radio und Ührchen nicht schlafen kann, da man es im Leben ja mit lauter Irren zu tun hat.
Seit einigen Wochen kommt nun morgens immer die Edith, die Tochter von Frau Kionczyk, um ein wenig zu helfen, weil die Omi nun immer hilfloser wird.

Ich begab mich zu einem Botengang in die Apotheke.
Der Apotheker hat die Aura eines strebsamen Schülers, der sich in der Schule immer aktiv beteiligt.
Er meldet sich, um seriöse Antworten zu geben, und beteiligt sich nicht an den dummen Späßen seiner Mitschüler.

Frühstück:
Ich sprach darüber, wie anstrengend das Leben, und wie schön der Tod sei.
Was einem alles blühen kann, wenn man überhaupt geboren wird:
Beispielsweise von einer Frau mit hysterischem Kinderwunsch, wie dem bösen Uschilein adoptiert zu werden.

Die Omi erzählte mir, daß die schönste Zeit in ihrem Leben diejenige gewesen sei, als ihre beiden jüngsten Söhne 18 und 16 Jahre alt waren, und noch zur Schule gingen. Da ist sie mit den Jungs immer zusammen im Zug gefahren, und horchte die Lateinvokabeln ab. Das Gymnasium, in dem die beiden frischen Burschen zu vernünftjen jungen Herren zurechtgeformt werden sollten, befand sich ganz in der Nähe von Omis Büro, und in der Pause sind die Buben mit ein paar Freunden vorbeigekommen und trieben ihren Schabernack vor dem Bürofenster, um die damals noch junge Oma zu erheitern, und ihre anstrengende Arbeit z.B. durch drollige Grimassierungen oder sonstige köstliche Späße aufzulockern.

Dann sprachen wir über´s frühe Aufstehen:
Ich erzählte, daß ich mich jetzt immer früh erhebe, weil ich dann das Gefühl habe, dem Tag beim Entrollen besser behilflich sein zu können.
Dann erzähle ich, wie dem Opa das Ausschlafen heilig sei, und zum Schluß erzählte ich vom Onkel Kläuschen in Bonn. Wie er wohl gestern an Ellas Statt reagiert hätte:
„Och Schätzchen, du weißt doch, daß ich kein Freund von Überraschungen bin!"

In Aurich:
Zwei Telefonate von Rehlein versüßten mir den Abend:
Rehlein war so stolz auf mich, daß ich mit dem Auto nach Aurich gefahren bin. Ich erfuhr, daß die Petra in der Violinprüfung heut eine Eins bekommen habe, und freute mich für sie, und vorallem aber für Buz.

Ich rief in Trossingen an um zu gratulieren und hörte, daß der süßeste Buz im Hintergrund mitfeierte. (Man hörte die seinigen aus den allgemeinen Lachsalven heraus.)

Dienstag, 8. Februar
Aurich

Trübe. Bräunlich grau bis regnerisch

Ich wollte endlich meine Autoversicherung in Angriff nehmen und griff Rehleins empfehlende Worte über die Versicherung in der Fockenbollwerkstraße auf.
Ich hatte natürlich gemeint, es sei die frauenfreundliche Versicherung HUK, doch diese hier hieß „DeBeKa" und ich dachte, dies bedeute vielleicht „deutsche Beamtenkaste", und sei somit nichts für mich?
Dennoch betrat ich das Geschäft, wo ich von einer Dame beraten wurde.
Doch zunächst mußte ich warten, und durchblätterte interessiert die Broschüren, die dort auslagen:
Ein reichhaltiges Angebot an Anregungen, gegen was man sich alles versichern lassen kann, so daß Versicherungsgelüste in einem geweckt werden.

Doch ich fühlte mich bei dieser simplen Angelegenheit seltsam unfroh und überfordert.

Auf dem Heimweg begegnete mir Herr Waldemeyer, ein Herr der in unserer Straße wohnt. Jhrg. 1922.
„Sie strahlen!" sagte er nett, und weil er so warmherzig ist, tätschelte er mir sogar eine Wange. Ein bißchen traurig und mißverständlich war, daß mein Kopf gerade in jenem Moment von einer Windböhe leicht verblasen wurde, so daß es vielleicht so gewirkt haben mag, als wolle ich der Tätschelei ausweichen.
„Na, das ist mir nun denn doch zu vertraulich!" stellte ich mir vor, daß Herr Waldemeyer gedacht haben könnte, was ich gedacht hätt´?
Ich erfuhr, daß Herr Waldemeyer überhaupt nur, durch ein Riesenglück hier vor mir stünd, und ich ihn fast nicht wiedergesehen hätte, da er nämlich am zweiten Weihnachtstag einen Gehirnkrampf erlitten habe!
Dann wurde er aber wieder vergnügt und meinte, ich solle ganz fest wünschen, daß er 100 Jahre alt werden möge.
„Ja, das mache ich!" gelobte ich warm, da mir Herr Waldemeyer sehr am Herzen liegt.
„Was in den letzten zwei Monaten in unserem Freundes- und Bekanntenkreis herumgestorben wurde, das kann man sich gar nicht vorstellen!" berichtete er, und ich lauschte ihm gebannt.

Im Carolinen-Hof finde ich den einen grauen Fotografen so widerwärtig: Ein schmieriger grauer Typ, mit einem schmierigen und verschlagenen Gesicht.
Wie eine durchsichtige, wurstgroße Made, die man aus dem Klo gefischt hat, steht er vor einem, und schwallt einen in falscher Beflissenheit voll.

Mittwoch 9. Februar

Irre windig.
Meist graublass, doch manchmal leuchtete auch die Sonne durch, da die Wolken alle so rasch umeinandergepustet wurden, und über den Wolken, wie man weiß,
zumindest am Tage immer die Sonne scheint

Beim Üben musste ich plötzlich an meine alte Bekannte „Esther" aus Trossingen denken, die ich bereits um ein Haar vergessen hätte, wenn nicht auf meinen Debussy-Noten ihre Telefonnummer draufgekritzelt wär, und somit mein Esther-Doc im Gehirn geöffnet wurde. Ich dachte an Esthers Schwester Magdalena, die einst die Abschlußprüfung auf der Geige nicht geschafft hat, obwohl sie sich so viel Mühe gegeben hatte. Die Esther hatte mir hernach in ihrer Enttäuschung etwas solcherart

gesagt: „Franziska, sag deinem Vadder: Jetzt versteh´ ich hier so manches!"
Auch nach zehn Jahren tat´s mir noch immer ein wenig in der Seele weh.

„Wir leben nur noch 22 Jahre!" beschelmte ich den Verkäufer im Kiosk, da man dies heut in der Bild-Zeitung lesen konnte (ein Asteroid rase in rasender Geschwindigkeit auf die Erde zu), und beim Weiterlaufen gefiel mir der Gedanke, daß in 22 Jahren endlich Ruhe ist.
Der Gedanke, meine Eltern alt werden und sterben zu sehen ist mir unerträglich, so daß mir dieser Asteroid wie gerufen kommt – batsch aus! Und hinzu alle auf einmal!

Am Nachmittag arbeitete ich in der Musikschule:
Zweimal säumte der „Karpfen" Wolfram Dietrich meinen Weg. Ein verhaltensgestörter Klavierlehrer, der kalten Tabak ausdünstend eine übergroße Begegnungsscheu ausströmt, so daß es schade ist, daß er keine Flügel hat, mit denen er rasch davonfliegen könnte.
Ich malte mir aus, wie ich anklopfe und freundlich frage, ob ich hospitieren dürfe? und wie dadurch ein Fehldoc in seinem Gehirn geöffnet wird, so daß er neurotisch aufschäumt?

Mein erster Klavierschüler heut war der 8-jährige Sebastian, ein Knirps mit quadratisch blondem

Kopf, der ohne Noten und hinzu einhändig das Lied „Hänsel & Gretel" bot.

Ich ersann ein paar passende Akkorde für ihn, die dies doch dürftige, und hinzu völlig sinnentleerte Geklimper wenigstens harmonisch stützen sollten, doch er in seiner schlappen Haltung schaffte es nicht, mit drei Fingern gleichzeitig drei Tasten hinabzudrücken.

Später kam sein Vater, ein gemütlicher dicker Mann, der gemeint hatte, Buz wolle ihn sprechen.

Ich unterrichtete gleich viel schlechter, weil ich den gutmütigen Herrn im Nacken spürte.

Der Herr erzählte hinterher, daß seine Tochter bei Frau Kuhn Klavier lerne, und daß es „interessant" sei, daß es so unterschiedliche „Methouden" gäbe: Seine Tochter müsse immer nach „Noutn" spielen, und der kleine, leicht sprachgestörte Knirps („flüher wollte ich mal Foser* werden!") zeigte in der Luft, daß man auch dazu angehalten sei, die Finger unterschiedlich zu krümmen.

*Entweder Förster oder Forscher – leider verstand ich es nicht ganz

Später saß ich in der Teestube.

Ich las in einem alten Ostfrieslandmagazin die Geschichte über den Pastorenmord von Reepshold, welcher sich am 2. Januar 1914 durch einen Kirchendieb zutrug:

Viermal schoss der Kirchendieb auf den 7-fachen Familienvater, (ein Eingangspassus, der direkt auch für „die Logelei" in der ZEIT verwendet werden könnte) und nach einer viertel Stunde kehrte er nochmals zurück, um noch einen letzten Schuss auf den in seinem Blute Liegenden abzufeuern, weil er – so wie ich – an Kontrollzwang litt.

(„Ist er wirklich tout??? Oder könnte er mich doch noch verpfeifen")

Und auch wenn sich die Pistolenschüsse mit den Neujahrsböllerschüssen hätten vermischt haben sollen, wurde der böse Mann geschnappt, und zu lebenslangem verschärftem Kerker im Gefängnis von Aurich verurteilt.

Doch die lebenslange Haft dauerte nicht sehr lang:
Bereits im November 1917 starb der mittlerweile 29-jährige an einer jäh aufgetretenen schweren Krankheit.

Ich trank eine heiße Zitrone und aß einen köstlichen, luftigen, zart gewärmten Käsekuchen.

Dann blätterte ich weiter, und las daß Hanne Klöver, eine Dame, die mich im vergangenen Jahr interviewt hat, ein Buch geschrieben hat:

„Spurensuche im Saterland".

Auf der Titelseite sieht man einen alten Lehmweg in der Sonne daliegen, auf welchem sich Pferde- und Karrenspuren befinden.

Überglücklich war ich, als ich endlich Feierabend machen durfte.

Neben Buzens Zimmer wirkt und residiert die hessisch-trockene Cellolehrerin „Wilgart W."

Die mußte ich nun drum bitten, Buzens Zimmer abzuschließen.

Die Cellolehrer in den Musikschulen haben immer so eine „erstaunte" Ausstrahlung, wenn man ihren Unterricht, der ohnedies nichts nutzt, kurz stört.

Donnerstag, 10. Februar

Regen

Am Morgen lag ich schon vor dem Weckerschrill außerordentlich friedvoll gestimmt wach im Bett. Mir war so, als seien alle Aufregungsmoleküle für den Zahnarzt verbraucht, und ich häbe mich mit der Situation arrangiert. Ich versuchte, den gedanklichen Bogen über den sauren Zahnarzttermin hinwegzuspannen, und meine Sinne auf irgendeinen anderen Zeitpunkt zu richten, der unweigerlich kommen würde, und an welchem ich den Termin bereits hinter mir hatte.

Zeitig begab ich mich auf den Weg. Unterwegs dachte ich darüber nach, daß es wirklich ärgerlich ist, daß man nicht weiß, wie lange man noch zu leben hat.

In meinem Fall könne es noch 50 Jahre dauern, mir könne aber auch praktisch an der nächsten Straßenecke ein Meteor auf den Kopf fallen.

Wenn ich jetzt z.B. sicher wüßte, daß ich noch bis zum 17.11.2003 lebe, dann müsste ich mir um meine Rente beispielsweise schon keine Gedanken mehr machen, und könne viel gescheiter disponieren.
Zu diesen Gedanken war ich in der Praxis eingetroffen.
Der Jörg stand im Flur, und richtete an einer hasenohrigen grünen Pflanze herum. Wir begrüßten uns mit einer netten Umarmung, und ich schäkerte ein bißchen herum, daß mein Bonusheft eben mal gerad so lange hält, bis die Welt in 22 Jahren untergeht – nämlich noch für genau 22 jährliche Rundumsorgloschecks beim Zahnarzt.
Ich war erfreut, daß der Jörg meine Zähne so schnell durchforstete und scheinbar nichts fand. Dann mußte mir die Helferin noch zeigen, wie man die Zwischenräume mit einer dünnen Borstenbürste reinigt.
Schon wieder ließ ich 28 Mark für irgendwelche Zahnwischwunder zurück, durch die man sich ein dentales Heil erhofft…

Unterricht in der Musikschule:
Ich unterrichtete den 13-jährigen Klavierschüler Jasper U.. Leider stottert er ganz schlimm, und beim Beethovenspiel stotterte er ebenfalls – doch seine Eltern hatten schon früh seine sonderbare Fähigkeit entdeckt, Harmonien auf dem Klavier zusammenzusuchen, und zu romantischen Klanggeweben im Claydermannstil zu verarbeiten.

Mir spielte er auch etwas selbst Ersonnenes vor, und ich dachte dabei an meinen Schüler Josef im Trossingen der frühen achziger Jahre, der mir auch einmal eine nicht endenwollende eigene Komposition vorgetragen hat. Nun saß ich wieder in einer ähnlichen lauwarmen Klangbrühe, und somit in einer alten Erinnerung fest.

Freitag, 11. Februar

Zart sonnig.
Am Nachmittag Sonnenschein jener Art, der in poetischen Worten besungen werden will –
wenn man denn mal die Zeit für dererlei hätt!

Ich rief in Ofenbach an.
Rehlein war leicht vergrippt. Unlängst habe sie der Opa mitten in der Nacht völlig sinnlos geweckt, weil er schauen wollte, ob überall die Lichter gelöscht seien. Und um es noch besser sehen zu können, drehte er dazu das Licht an.

Bahnhof Leer:
Um 18 Uhr 6 wurde der süße Ming als letzter Insasse eines langen Zuges an Land gespült.

Samstag, 12. Februar

Zunächst so sonnig, daß an einen Spaziergang
gedacht werden mußte.
Doch bald schon lugubrierte sich der Himmel stark-
es wurde regnerisch-nordisch.
Kurz vor Einbruch der Dämmerung tobte ein
Orkangebräu und es graupelte wüst, so daß man am
Spiel des Wetters eine Freude haben konnte

Auch Buz ist wieder da.
In der Art, wie es einen Pubertierenden drängt, von
seiner Lieblingsbänd zu berichten, dürstet es den
süßen Buz beständig, zu erzählen wie großartig seine
Koreaner seien. Buz möchte uns so gerne in
ungläubiges Staunen versetzen, und vorallem
versetzt halten.

Ming & ich probten.
Ich hatte mir fest vorgenommen, stürmisch und
leidenschaftlich zu spielen, und spielte die Schumann
Sonate erfüllend – dachte, oder hoffte ich zumindest.
Lediglich als Buz einmal kam um zu lauschen, fühlte
ich eine Woge an Verlegenheit, die ich jedoch
niederzukämpfen hoffte.
Buz lächelte nett, als wir geendet hatten, doch dann
brach der Pädagoge in ihm durch, und er imitierte
steife mit dem Ellbogenwinkel nach hinten zielende

kurze Strichbewegungen, die ein Powackeln nach sich zögen, so Buz.
Ich lachte aber freundlich zu den Lehren, und bemühte mich, es besser zu machen.

Später dichtete ich im Windschatten vom telefonierenden Buz, und bekam Folgendes mit:
Nach den Aufnahmeprüfungen ist Buz ein Mißgeschick widerfahren, und er hat die falsche Jugoslawin aufgenommen, weil er sich den Namen falsch gemerkt hatte – so wie's so manch einem Chirurgen ja leider schon mit der Beinamputation ergangen ist, wenn hernach ausgerufen werden muß: „Ach herrje! Dies war nun das falsche Bein!"

Abendspaziergang mit meinen Lieben:
Bei Herrn Backe brannte Licht.
„Vorsicht bißl Hund" stand an der Türe zu lesen, und eine Katze schlich umeinand. Die Klingel funktionierte nicht, aber ich war sowieso nicht soo spitz darauf, bei einem Bierchen und Kanada-Dias eingekeilt dazusitzen, und vielleicht nicht mehr loszukommen?
„Sieht fast so aus, als sei er da," murmelte der gesellige Buz.
„Bei uns schaut's ja auch so aus, als seien wir da!" sagte ich, weil's bei uns auch hellerleuchtet war, und so wir liefen wir wieder heim.

Buz erzählte, daß der Hamann nach seiner Erkrankung eigentlich nur noch gemieden wird. (Traurig.) Die Kollegen können mit dem Unglück, das den einst so selbstgefälligen und hinzu oftmals leicht arroganten Cellosultan befallen hat, nicht umgehen. Nur Buz selber bringt sich ein bißchen ein, indem er hi und da aufmunternde Worte anbringt.

Sonntag, 13. Februar

Schön – verblasene Wolken. Wind

Als Frühstücksmusikant mußte der Cellist Sebastian Hess als Interpret mehrerer Cellokonzerte herhalten. Er spielte mit einem saftigen, fast schon wie in Pommesöl gewälzten Ton, und das eingängige Strauß-Konzert gefiel mir gut, bloß die nachfolgenden Werke, die meiner Meinung nach nur um des Niederschreiben Willens niedergeschrieben worden waren, gingen mir mit der Zeit leicht auf die Nerven.

Ich schlug vor, die Amrei anzurufen, von der es ja heißt, sie sei mittlerweile eine Radikalemanze*geworden,
*Emanzen, die die Männer <u>völlig</u> ablehnen, und ganz abschaffen wollen

und malte mir aus, wie sie zusammen mit sieben weiteren Radikalemanzen auf einem Radikalemanzenhof im bergischen Lande lebt. Auf dem Anrufbeantworter sagt eine Stimme:
„Hallo, liebe Anruferin….übrigens: Anrufe von Männern sind hier unerwünscht und werden ignoriert!"
Wie Amreis Emanzentum wohl in sich zusammenkracht, wenn sie Buzen wieder sieht?
Doch Ming & Buz hörten nicht auf mich, da sie nach so langer Zeit kein Interesse mehr haben, die Amrei anzurufen. Man weiß ja, dass sich der Mensch alle sieben Jahre zur Gänze erneuert. Der Vormieter in ihrer Hülle hat die Vormieterin in Amreis Hülle gekannt. Was soll man da noch groß anrufen?

In der Teestube:
Wir sprachen über Aspekte der Aufzucht:
Ming erzählte, daß es für Buzen damals nicht wichtig war, daß man „Wicki und die starken Männer" schaut, weil er ja schon erwachsen war. Doch Ming war noch nicht erwachsen, und für ihn war's lebensnotwendig. Da lachten wir – obwohl man immer Angst haben muß, daß Mings rückblickende Psychologate die Stimmung trüben.
Wir tranken sehr viel Tee, und dann fuhr Ming mit dem Radl voraus.
„Stell schon mal Tee auf!" rief ich ihm für die Ohren der Bediensteten hinterher, so als täten wir nie etwas anderes als Teetrinken.

Wir schauten die „G'schichten aus dem Wiener Wald" von Öden von Horvath, und mir kam die Idee, daß man beim frühen Exitus von Buzens großem Bruder Wolfhard vielleicht ein klitzekleines bißchen nachgeholfen haben könnte? Eine böse alte Frau im Hause hat mit ihren verkrüppelten Fingern vielleicht sein Jäckchen aufgeknöpft, um das kleine Brüstle der erbarmungslosen Kälte auszusetzen, so daß der kleine Wolfhard eine Lungenentzündung bekam und starb? Doch Buz reagierte seltsam unwirsch auf diese Worte, die doch zumindest stimmen *könnten*!? Und wenn der kleine Wolfhard nicht gestorben wäre, so gäbe es uns womöglich gar nicht, denn mit zwei Kindern wären Omi Ella und Opa Gerhard vorerst gut bestückt gewesen?
Seltsam, daß man die traurigen Dinge immer so unter den Tisch kehrt, statt unablässig darüber zu reden.

Abends psychologisierten wir wie alle Tage in Rondoform über das Thema, wie aussichtslos das Leben als Musiker sei.
„Ihr solltet uns wirklich einmal offiziell hinauswerfen!" sagte Ming, der den ganzen Tag psychologisiert.
„Hinaus!" rief der süße Buz auf rührende Weise, und fuhr Arm und Zeigefinger schwungvoll Richtung Türe aus.

Montag, 14. Februar

Z.T. sonnig – manchmal auch wolkenüberzogen

Die Enttäuschung über das Irdische hält das Gefühl der Lebensfreude auf Sparflamme. D.h. wenn man kurz einnickt, dann bemerkt man hernach, daß man in einer anderen Dimension gewesen ist, in welcher es einem etwas besser gefallen hatte.

Das Frühstück verlief leicht unbefriedigend, da Ming nun schon seit drei Tagen da ist, und seinem Naturell gemäß etwas eilig-zukunftsweisend Unsentimentales ausströmt, so als sei ihm Aurich zum Ekel, und es zöge ihn in die weite Welt hinaus.
Man spürt's auch an seinem etwas atemlosen Klavierüben, das so straff durchgezogen, keinen Platz für eine Lücke, oder ein Verweilen lässt.

In der Küche sagte ich: „Alles kann ich verzeihen: Seitensprünge, Lügen… nur eines nicht: Grämlichkeit!"
Doch Ming war gerade leicht grämlich, und man hörte ihn in der Ferne zu Buzen sagen: "Wenn du so redest, so werde ich mürrisch!"

Am Vormittag startete ich meine Autoanmeldungsodysée. Eine Tätigkeit, die ich schon vor mir herzuschieben gedacht hatte, da mir Rehleins Graus vor Behördengängen in den Genen mitgeliefert worden ist.

Doch mittlerweile haben sich die Zeiten geändert, und man geht eigentlich recht gerne auf Behörden, weil dort meist alles so schön reibungslos abläuft, und außerdem lernt man viele andere nette Behördengänger kennen.

Zuerst allerdings, als ich mein Radl glücklich bei der HUK geparkt hatte, stellte ich fest, daß ich zwar einen schönen Unternehmungsschwung mitgebracht, doch an die Papiere wiederum überhaupt nicht gedacht hatte!

Und so radelte ich gleich wieder zurück.

Beim Rückradeln begegnete ich Ming, der heut auf der Post war, um sich als Professor zu bewerben.

Wie schön wäre es, wenn Ming sich auf der Post als Briefträger oder Schalterbeamter beworben hätte, so wie ein normaler Mensch an seiner Stelle, doch nein: Ming hatte neun Bewerbungen nach Amerika auf die Post gebracht.

Zur Mittagsstund hat Ming sich, wenn auch gutmütig über Buzens Brüstchen lustig gemacht, die Buzen in Folge eines Östrogenüberschusses oder Testosteronmangels gewachsen waren. Buz versuchte seiner unreifen Art gemäß gleich so zu tun, als seien Mings Brüstchen genauso groß.

Ein Gutes hat der Testosteronmangel aber doch: Unser Pabba ist nett und gemütlich, und ein normaler Vater hätte Ming schon längst beigebracht, wer der Herr im Hause ist.

Dienstag, 15. Februar

Grau und bewölkt

Seit gestern stecken zwei Akupunkturnadeln in Mings Ohr, und seitdem ist er wie umgewandelt: Gutgelaunt und so entzückend, wie es eben nur Ming sein kann. Ming inspirierte mich solcherart wie Rehlein. Es schlug sich darin nieder, daß ich ständig neben dem Flügel stand, erzählte, dazu auf- und abhüpfte, und froh lachte.

Wie ein fröhliches Wildschwein wühlte ich in dem Sumpf an Klischées, die ich gestern in den Heiratsanzeigen der ZEIT gelesen habe. Eine Dame schrieb gar: „Ich beiße nicht!" Das fand ich so lustig, und im Geiste konstruierte ich einen Text, wie ihn Ute M. geschrieben habe KÖNNTE:

Welcher Märchenprinz möchte mich auf Wolke Sieben katapultieren?
Mit mir die Seele baumeln lassen, gemeinsam mit mir und meinem fahrbaren Untersatz Paris, die Stadt der Liebe, unsicher machen?
Frisch gewagt ist halb gewonnen!

Ich beiße nicht.

Am Vormittag übten wir Beethoven, und Buz hörte sogar ein wenig zu, so daß ich mich schnell und emsig etwas anders hinstellte als sonst, und den Ellbogen beim Abstrich gescheit mit in die Tiefe nahm. Das gefiel Buzen. Bloß das Tempo vom zweiten Satz fand er zu langsam. Ming wurde davon allerdings ganz unglücklich, da es ihn sein ganzes Leben schon begleitet, daß irgendwas am Tempo rummoniert wird, und dabei ist´s halt das Tempo, das man nun mal eingeschlagen hat!

Die Veronika hatte geschrieben.
Voller Freude öffnete ich den Brief, doch die Veronika schrieb nach Art von Rosa Sprongl, daß sie die Anspielungen auf meinen Kuverten manchmal nicht ganz verstünde, und dabei sind das doch überhaupt keine Anspielungen. Ich zeichne lediglich etwas Lustiges, was mir gerade in die Stiftspitze eingegeben worden ist.

Buz muß die ganze Woche nicht in die Musikschule, da ihn der Doktor netterweise krankgeschrieben hat, und allein von dieser Krankschreibung ist Buz schon wieder gesund geworden.
Allerdings malte ich uns auch aus, wie es *vielleicht* kommen könnte: Rehlein bleibt in Ofenbach, hegt und pflegt den Opa – der Opa wird 98, 99....und noch immer deutet nichts auf seinen bevorstehenden

Exitus hin. Doch plötzlich kommt aus Aurich die Kunde, daß *Buz* verstorben sei!

Die Rede wurde auf die Verwandten in Bonn geschwenkt:
Ich erzählte, wie das Kläuschen zu jeder vollen Stunde die Nachrichten schauen muß, doch wenn die Antje *einmal* etwas sehen möchte, dann sagt er: „Och Schätzchen, das haben wir doch nun wirklich zu Genüüüge gesehen!"

Spaziergang mit Buzen:
Buz erzählte mir, daß er durch einen großen Zufall vom Auto aus die Hilde und ihren Mohren gesehen habe, als er unlängst mit seinem Freund Markus Stange eine Spazierfahrt durch Stuttgart unternahm. Buz hat sich aber nicht zu erkennen gegeben, weil er so angewidert war, die Hilde mit ihrem hennarotgefärbten Haupt zu sehen, in welchem sie Buzen wie eine billige Nutte vorkam.
Zu dieser nach beiden Seiten hin entrüstungstreibenden Geschichte stürmten drei edle Hunde auf uns zu, und schlossen sich Buzen einfach an, so als gehörten sie ihm. Ich stellte mir bereits vor, wie die anderen Spaziergänger vielleicht befremdet sagen: „Könnense ihre Hunde nicht an die Leine nehmen?"
Die fröhlichen Hunde waren so begeistert von Buzen, und hoben vor Freude über ihren neuen Besitzer unentwegt ein Bein....

Wenn ich abends die „7" ausgelost hätte, dann hätte ich Rehlein geschrieben, da ja die Briefe in einem heranreifen, als seien es Eier, die gelegt werden wollen.

Mittwoch, 16. Februar

Am Morgen hi und da Graupelschauer – sehr wüst, allerdings mit kurzen warmen Sonneneinblendungen, die rasch wieder von Eisesgräue vertrieben wurden

Heut träumte ich Folgendes:
Ich spielte in einem Restaurant einen läppischen Zweizeiler auf der Violine, und hatte mir so nett ausgedacht, wie ich ihn immer wieder von Vorne anfange: Doch bereits beim zweiten Mal hörte ich, wie ein Herr mit der Frisur eines Vogels oder aber eitlen Gecken, und ganz dunklen öligen Augen – ein Typ wie jener widerliche Fotograf im Carolinenhof, nur jünger, - der am Tische saß und aß, zu einem Betthäschen neben sich sagte: "Das wird die doch jetzt hoffentlich nicht den ganzen Abend lang spielen??!"
Ich spürte es ja sowieso, daß mein Violinspiel nicht ankam, und doch fand ich diese Worte so frech, daß ich meinen Blick ganz tief und tadelnd in die dunklen Augen des Herrn bohrte.

Zur Omi sagte ich am Telefon: „Wenn ich im Caféhaus sitze, ein Sahnetörtchen löffle und in einem Journälchen lese, daß der Ernst-August wieder zugeschlagen hat, dann ist meine Welt in Ordnung!"

Wir Geschwister bewegen uns einem gemeinsamen Konzert in Bad Honnef entgegen. Beim Proben erfuhr ich zu meiner Überraschung, daß die Veranstalterin, Frau Mauritz, von welcher mir Ming erzählt hatte, daß sie sich grätig und nölig anhöre, wenn man am Telefon mit ihr plaudere, vorhabe nach dem Konzert für uns zu kochen. (Für maximal acht Personen, wie sie gleich streng klargestellt hatte.)
Und dabei habe man bei den Telefonaten mit ihr immer das Gefühl, etwas falsch gemacht zu haben. Ich fand das seltsam.

Beim Kochen stellte ich Ming eine Quizfrage:
Was sagt Ute M., wenn ein Autofahrer sie von oben bis unten vollspritzt?
„Das ist aber nicht die feine, englische Art!"
Nachmittags übte ich, und schaute währenddessen sehr interessiert aus dem Fenster dabei zu, wie Frau Otten mit ihrem dicken Po und der gepflegten Vorhangsfrisur so lange an ihrem doch ohnehin pikkobello geputzten türkisfarbenen Auto herumputzte, das so ausschaut, als sei es bei einem Preisausschreiben gewonnen worden.
Einmal kam ihre blonde Tochter mit ihrem Liebhaber daher. Nach über einem Jahr ist die Liebe vielleicht schon ein wenig eingedünstet, denn man

sieht die beiden immer nur ins Auto steigen, und davonfahren, und sie knutschen nicht mehr in der Öffentlichkeit.

Die Liebe zwischen ihren Eltern, den Erwachsenen, ist sogar noch ausgekühlter, denn als der Architekt mit dem Maulkorbbart von der Arbeit zurückkehrte, hat er nur ein wenig kritisch geschaut, wie seine Frau das Auto wohl putzt, und lief dann ins Haus hinein, und entsog sich meinen Blicken, die von oben durch's Fenster ratlos hinter ihm herblickten.

Ich rief die Elvira zu ihrem 38. Geburtstag an, und erfuhr, daß sie ab dem 27. Mai „Frau Zimmermann" heißen wird, und noch Kinder will.
Diese Heiratswut überall!

Donnerstag, 17. Februar

Bläulich verquollen

Wegen meiner entzündeten Zahntasche, die nicht heilen will, suchte ich die Praxis Dr. Heinrichs auf. Die Praxis kommt mir neuerdings immer so lautlos und gedämpft vor.
In jener Ecke, in welcher Hausherr Jörg neuerdings immer seine Forschungsarbeit über die Zahnhygiene

betreibt, sah man nur den Beginn seiner weißblonden Frisur über dem PC tänzeln.

„Andere machen Kreuzworträtsel…" sagte er später bescheiden über dies Hobby, das ich persönlich nicht sonderlich interessant finde.

Der Zahnarztbesuch war aber für mich nicht so schön, denn meine Zähne wurden ganz gegen meinen Willen auch noch geröntgt, und das dicke Fräulein, in der weißen Praxiskluft, das vom Po abwärts so elefantitisch ausschaut, mag ich nicht besonders.

Dann entdeckte der Jörg beim Abtragen der verdickten Entzündung, wo er das Gewebe sogar – und dies ebenfalls gänzlich gegen meinen Willen - einschicken wollte, ein linsengroßes Loch im Zahnfleisch, das vormals nicht dagewesen war. Er konnte es nicht fassen, und bemühte somit den Assistenten Herrn Marung herbei, um sich mit ihm auf fachlicher Ebene im Duett zu wundern. Hinterher hat´s geheißen, der Zahn müsse vielleicht sogar ganz raus! Dies jedoch wollte ich auf gar keinen Fall.

Nachtrag 2020: Gottlob noch immer drin.

Auf dem Heimweg schlug ich einfach die andere Richtung ein, und besuchte die Graf-Ulrich-Straße am anderen Ende der Stadt. Vor dem Büro von unserem Freund Heiko wackelte ein uralter Mann so langsam wie eine aufgestellte parkinsongebeutelte Schildkröte, und ich dachte noch: „So alt will ich nicht werden. Mobbl, bitte hole mich!"

Ming hatte sich einen Termin beim Psychiater geben lassen, weil er immer schwitzige Hände bekommt, wenn er mit Menschen zu tun hat.

Abends sprach ich dem Jörg eine nette und frische Ansage auf seinen Anrufbeantworter: Ich lud ihn und seine Gattin Christiane, eine Dame, die in ihren Pubertätsjahren stecken geblieben, und so sehr in Buz verknallt ist, daß sie es kaum verbergen kann, ganz zwanglos zu einem kleinen Hauskonzert ein, das ich extra nur ihretwegen arrangiert hatte. Sollten sie um 20 Uhr nicht da sein, so würden wir sie uns eben so vorstellen und trotzdem spielen, sagte ich nett.

Wenig später rief die genußfreudige Christiane zurück und bekundete ihr Bedauern darüber, daß sie heute abend leider eingeladen wären! Die Christiane härmte sich ganz unglaublich darüber.

Etwas frech sagte ich: „Wir haben uns schon so lange nicht mehr gesehen, daß ich ganz vergessen habe, wie Du heißt! Erst heute Mittag habe ich zu Ming gesagt: „Wir laden Jörg & Sibylle ein!" ← (und dies stimmte sogar. – Leider!)

Dann fanden wir für den Abend ja gottlob doch noch einen Vorspielgast:

Die liebreizende Luisa, in welche wiederum Ming leicht bis mittel verliebt ist.

Wie sich der süße Ming gefreut hat, als er vom Bodybuilding returkehrte, und ich ihm sagen durfte, wer uns gleich besuchen würd´!

Zuerst kam die Luisa nur vielleicht, indem sie nicht kam, doch dann kam sie doch.
Wir spielten unser ganzes Bad Honnefer Programm vor. (Werke von Beethoven, Debussy, Schumann, Saint-Saens, Sarasate und de Falla).
Hernach stellte der poetische und gefühlvolle Ming den Kandelaber auf den Tisch, zündete die Kerzen an, und gemeinsam politisierten wir über Österreich.

Morgen früh um acht Uhr muß Ming zum Ohrenarzt, weil der gesundheitsbewusste Ming fast jeden Tag einen Doktoren oder Gelehrten aufsucht.

Freitag, 18. Februar

Schnieselstürme. Sonst trübe und regnerisch

Es regnete dünn.
„Es regnet dünn, Schatz!" rief ich ehefrauenhaft durch's Treppenhaus, weil ein gutgestimmter Ming mich immer dazu inspiriert, unablässig zu reden.
Ich erfand auch sogleich eine Geschichte für Ming:
Wie's so ist, wenn ein Lebenslänglicher sich im Knast endlich eingelebt hat, und dann rasselt der Schlüssel im Schlüsselloch, und der Beamte sagt:
„Sie sind entlassen. Der wahre Täter ist gefasst. Kommense, kommense! Husch, husch" und so eilig,

wie man ihn früher *im* Bau haben wollte, so eilig will man ihn nun wieder los sein.

Ich übte auf meiner Violine.
Durch das Fenster blickte ich wie alle Tage auf Frau Otten. Man konnte mit ansehen, wie sie staubsaugte, und ich bewunderte die Frau, die immer so viel arbeitet, um es ganz schön und gemütlich zu haben. Manchmal wirbelte der Schneeregen so schnell und wild, daß einem ganz schwindelig werden konnte, und dann wiederum mußte man mitansehen, wie Herr Otten mit zusammengekniffenen Augen in sein Haus rennen mußte.
Einmal kam der süße Ming und brachte Rehleins Erbmasse in mein Zimmer. „Hast du heut schon eine Orange gegessen?" frug er, und verfütterte mir eine wunderbare Bioorange.

Dann entrümpelte Ming das Musikzimmer für unseren überdimensionalen Dauergast, der morgen erwartet wird: Den Konzertflügel für 55 000 Mark!
Eine Aufgabe, von der Rehlein gemeint hatte, man müsse mindestens zwei Tage vorher damit anheben, denn das stets vorausdenkende Rehlein hatte bereits vorausgedacht, daß es eine Menge zum Vorausdenken geben würde.
Doch der flinke Ming brauchte grad eben mal eine knappe Stunde für die Vorbereitungen.
Durch das große Musikzimmerfenster sah man wie ein uraltes Ehepaar mit einem eingewickelten Blu-

menstrauß die Ottens besuchte. Omi und Opi, so konnte man meinen.
Ich malte mir aus, wie der Anblick aus dem Fenster nun immer spannender wird, und eines Nachts sehe ich dann, wie Herr Otten heimlich einen zusammengerollten Teppich hinwegschafft.

Bei Dunkelheit kann man noch besser in das Haus Nr. 22 hineinschauen, wobei ich diesmal allerdings mehr in die daneben liegende Wohnung von Rolf Runge in diesem Doppelhaus schaute: Rolf Runge saß einsam in seiner so gemütlichen Küche und hob ein Glas Wein, während er über seine Liason mit seiner 17-jährigen Schülerin Mareke nachgrübelte. ← das nehm ich einfach mal an, denn über was sollte er denn sonst nachgegrübelt haben?

Samstag, 19. Februar
Aurich - Bonn

Regen - grau

Im unteren Stockwerk hat man´s wild rumoren und rumpeln hören: Der Hochglanzkonzertflügel wurde geliefert.

Unsere Haustüre ließ sich nach dem Gewaltakt, den 55000 Mark teuren Konzertflügel ins Haus zu pressen, leider nicht mehr schließen, und der hinweggerückte Schrank im Flur legte den Blick auf einige Zeugnisse von Großtaten der Vergangenheit frei: Am 18. Januar 1979 spielte der damals 40-jährige Buz Bruchs Schottische Fantasie im Theater von Emden, wie uns ein silbernes Plakat erzählte...

Ming begann gleich fachkundig an der Türe herumzureparieren, während draussen ein Duschregen niederging, und so was hab ich doch gern. Ich fühlte Lebensbehagen, das sich in Komplimenten Ming gegenüber niederschlug:
„Ich hab schon so viel bei Dir gelernt!" rief ich gleichsam begeistert und nett aus: „z.B. zuzupacken. An der richtigen Stelle und am richtigen Ort!" Besser wär´s ich hätte gesagt: „Zum richtigen Zeitpunkt und am richtigen Ort."

Als ich den roten Koffer ins Auto packte, lernte ich überraschend die Lebensabschnittspartnerin von Rolf Runge kennen. Überraschenderweise nannte sie mich bei meinem Namen, nämlich „Franziska!" ← (natürlich!)
„Franziska, wie geht es denn Ihrer Mutter?" frug sie mitfühlend, und zerknautschte ihr Gesicht so sorgenvoll, daß jegliche Sonnenstrahlen daraus hinweggequetscht wurden, und so, als habe sich hinter vorgehaltener Hand herumgesprochen, daß Rehlein, das man ja nie wiedergesehen hat, todkrank, oder gar bereits verstorben sei?

Doch ich konnte ihr berichten, daß sich Rehlein beim Opa ein vergnügliches Leben macht.
„Nur uns fehlt sie so sehr!" sagte ich warm.

Abends besuchten wir unseren Vetter Heiner, unseren Übernachtungsschirmherrn in Bonn, wo uns freundlicherweise auch noch ein Abendessen offeriert wurde.
Dazu wurden Schlager vorgeführt wie beispielsweise „Fiesta mexicana" mit Rex Gildo. Doch hierzu hätte man den Rex vielleicht sehen müssen, wie er in seiner Glitzerjacke herumläuft und mit tänzerischen Gesten versucht eine unvergleichliche Stimmung heraufzubeschwören? – Und auch „aber bitte mit Sahne" von Udo Jürgens, einen Hit, der es in sich hat, wie ich finde.
Hernch schauten wir uns Videos vom kleinen Marius an.
Der Marius erinnerte mich in vieler Hinsicht leicht an den einjährigen Buz, obwohl ich Buz als Einjährigen leider nicht kennengelernt habe – und doch stelle ich mir so den jungen Buz vor.
Einmal winkelte der Marius so possierlich sein Ärmchen hin, als ihm sein Mäntelchen übergezogen wurde. Wie ein Herr, der es gewöhnt ist, daß ihm „die deutsche Hausfrau*" zu Diensten ist.
*So der Titel eines wirklich fesselnden Buches, das Buz und Rehlein zur Eheschließung geschenkt worden ist.
Dann sahen wir ihn als Embryonen auf dem Ultraschallbild und schließlich ofenfrisch nach der

Geburt. Der Marius heulte, weil ihm so kalt war, und dann lief er auch noch ganz purpurn an! Ich empfand den Eintritt in diese Welt stellvertretend für den kleinen Marius als nicht so berauschend: Grell und kalt. Lauter fremde Leute, die auf rheinisch reden…auch wenn der Kinderarzt gesagt hat: „Marius bekommt von mir volle Punktzahl!" Doch das verstand der Marius damals doch noch überhaupt nicht.

Gleich zu Beginn seines Lebens ist der Mensch bereits ein Prüfling, der eine Note bekommt, und es wird eine Krankenakte über einen angelegt, die 80 Jahre später, wenn man am Tresen des Seniorenheims seine Anmeldung unterschreibt, so lang ist wie die Strecke von hier nach Portland Oregon.

Über sein Eheleben sagte der Heiner: „Wenn es den Marius nicht gäbe, dann wäre ich längst wieder solo."

Sonntag, 20. Februar
Bonn

Trübe. Vormittags etwas herbe,
dann graumeliert aufgelichtet

Ming und ich fuhren zu Onkel Andi und Tante Lisel nach Bad Honnef, wo ein köstlicher Zitronenkastenkuchen auf uns wartete.

Dort angekommen ließen wir uns gemütlich am Tische nieder und sprachen über den Opa und seine Kinderberichte, die auch die Lisel mit dem größten Interesse gelesen hatte.

Die seien wirklich rührend, aaaber… und nun sprach man über Aspekte historischer Pädagogik, die heutzutage nicht mehr gutzuheißen ist.

Z.B. darüber, wie der Opa seinen Buben die Tränen auszutreiben suchte – er knickte ihnen somit Äste wahrer Gefühle hinweg. Und dies nur aus pädagogischen Gründen.

Doch hätte man dies dem Opa erzählt, so hätte er sich gewiss einsichtig gezeigt, so wie dies eben seine Natur war.

Ich fand Andi & Lisel so bezaubernd und hätte ihnen so gerne im Nachhinein ganz oft geschrieben gehabt – bloß erfuhren wir, daß der Andi mit dem E-Mail-Lesen schon gar nicht mehr nachkäme, und die vielen Ungelesen- und Unbeantworteten ballen sich bereits zu einer Lawine zusammen, die ihn zu erschlagen droht.

Dies jedoch glaubt man kaum.

Abends fand unser Konzert in Bad Honnef statt. Frau Mauritz hat dann doch nicht für uns gekocht, da ihr irgendetwas dazwischengekommen war.

Montag, 21. Februar
Bad Godesberg - Aurich

Zart sonnig. Zuweilen bewölkt. Abends nieselte es

Beim Autopacken sah ich, daß vor dem Anwesen des Nachbarn, Herrn Petrich, ein blinkender Krankenwagen parkte, und es wäre ja ein unglaublicher Zufall, wenn der 87-jährige Herr Petrich ausgerechnet heute „heimgeholt" worden wäre! Ein Herr, der einst noch von Opa und Omi-Mobbl gekannt wurde – und dies wäre ja ein Ding! Wenn man *die Mobbl noch heut, wenn auch in einer anderen Dimension – nämlich in Gottes himmlischem Reiche, bei den Ewigkeitsabsitzlern – wiederträfe.*
„Moment! Der Name schiebt gleich nach!" sagt die Mobbi, die jeden Tag im Aufenthaltsraum an der Himmelspforte interessiert auf die Neuankömmlinge schaut – der Strom reißt nicht ab.
(Doch es handelte sich bloß um eine Infusion die auf den Greisen, der nurmehr an einem Spinnweben ans Irdische befestigt ist, wartete).
Beim Blick in den Krankenwagen packte mich allerdings ein Graus vor dem Leben, bzw. dem Lebensende, das ja am Ende des Weges auf uns alle wartet.
Beim Frühstück sprachen wir wieder über den sehr hohen Wahrscheinlichkeitspegel, daß die Ehe vom Heiner irgendwann scheitern wird, da ja alle

Elternteile, und auch die Stiefeltern, und sogar die Eltern von Heiners Schwägerin Leslie und sogar die meisten Großelternpaare geschieden sind. Bis auf Opa und Mobbl, – unsere gemeinsamen Großeltern - die der Tod schied, wie beim Treuegelöbnis einst dahin beschworen.

Dann machten wir uns auf den Weg nach Hause, und den hinwegradelnden Heiner liebten wir geradzu unglaublich.

Auf dem Universitätsgelände von Bonn erfasste uns Lebensbehagen. In Ming reifte die ungewöhnliche, und doch verlockende Idee heran, Sinologie zu studieren, und mich wiederum erfasste ein unbestimmtes Glücksgefühl darüber, wie es wohl so sei, einen sinologiestudierenden Bruder zu haben?

Ich selber bin leider studieruntauglich, da ich immer an andere Dinge denke, und nicht hinhöre, wenn referiert wird. Wenn ich aber ein Seminar gegen Studieruntauglichkeit besuchen würde, würde es mir auch nichts nutzen, da ich dort doch auch nicht hinhöre.

Dies alles erzählte ich Ming, machte dann jedoch recht bald einen erzählerischen Hasenhaken, um nun von meinem Schüler, dem kleinen Matthias zu erzählen:

Dem kleinen „Rottweiler Mozart", der immer einseitig barsche Kompositionen niederschrieb. Eines Tages griff er die Anregungen der Erwachsenen auf, die dem Heranwachsenden gesagt

hatten: „Komm doch mal ein wenig heraus aus deinem Schneckenhaus! Geh unter Leute! Lern mal jemanden kennen!"
Am Telefon sagte der kleine Matthias dann gutmütig: „Du Mama, i bin geschdörn inörö Disko gwää. Ich sag dir: Dös war´s erschtö und letzschtö Mal!"
(„Du Mutter, ich bin gestern in einer Disco gewesen, und ich sage Dir: Das war das erste und letzte Mal!")
Dann lief aber auch schon bald unser Parkuhrultimatum ab, so wie auch eines Tages unser Erdultimatum abläuft.

Daheim in Aurich parkte <u>schon wieder</u> das Auto des Liebhabers vor dem Ottenschen Anwesen, und ich dachte mitfühlend, daß Vati Otten allmählich ganz krank wird, wenn er den schrecklichen Jungen schon wieder sieht – so wie es Mobbln seinerzeit mit der ewigen „Dame Gerswind" gegangen ist.
Jetzt sieht man die Gerswind so gut wie nie mehr, unser Briefabbo ist zum Erliegen gekommen, und das einst familiäre Verhältnis hat sich neutralisiert.

Dienstag, 22. Februar

Zunächst Regen.
Dann klarte es auf frische Art auf,
und die Sonne schien

Im Damentrakt des Fitnesstudios liegen ganz normale und ansprechende Zeitschriften aus, so wie im Caféhaus. Bei den Herren liegen allerdings nur Journale, von denen man annimmt, daß sie die Herren interessieren: Über Autos, Motorräder, Fußball und Bodybuilding.

Ich war unschlüssig, ob ich überhaupt zum Zahnarzt gehen solle – aus Angst, er könne meinen Zahn gleich einbehalten?

Als ich mein Rad vor der verregneten Zahnarztpraxis aufstellte, malte ich mir aus, wie eine Aufregung im Praxisinneren herrscht: *"Ja, haben Sie's noch nicht gehört?? In der Zeitung ist es doch gestanden. Der junge Zahnarzt hat sich erhängt! – Ein Vater von zwei kleinen Kindern! Und letzte Woche war er doch noch so gut drauf!"*

Doch nichts dergleichen war passiert. Stattdessen wurde ich freundlichst begrüßt und gleich drangenommen.

Zunächst meinte der Jörg freudestrahlend, das sähe doch alles suuuper aus! Doch dann fand er die Wurzel des Übels doch: Ein Metallsplitter hatte sich im Zahnzwischenraum verzwackt, und konnte mit einigem Geschick entfernt werden. Der Rest einer

Bombe aus dem zweiten Weltkrieg wurde entschärft, so hätte man meinen können.

Doch ich wußte noch nicht so recht, ob ich mich darüber freuen dürfe, denn es schmerzte einfach dumpf und unbarmherzig weiter. Der Jörg jedoch war so nett zu mir, daß sich zumindest darüber erstmal gefreut werden durfte. Sogar einen Arm legte er um meine Schulter.

Auf dem Heimweg besuchte ich, wie nach jedem Zahnarztbesuch, die Baumfalks in der Graf-Ulrich Straße. Mutti Moni war allein zuhaus. Ich erzählte, daß Ming das so bejooohlte Fußballspiel in Bremen zunächst völlig uninteressant gefunden habe, doch später bemerkte er, daß es sich so gut als Erzähl- oder Unterhaltungsstoff eignet, und bei jedem Erzählen gewinnt er dem Spiel im Nachhinein Positiveres ab, so daß es in seinen Erinnerungen nun immer buntere Blüten ansetzt, und er eines Tages womöglich doch noch zum Fußballfan mutiert?

In den „Ostfriesischen Nachrichten" gab´s heut für die Sensationsdürstigen unter uns eine ins Auge springende Überschrift: „Mord an Steuerberater". Doch die Ernüchterung folgte so quasi auf dem Fuße:...Es handelte sich bloß um eine Autorenlesung, und der Autor hatte einen Friesenkrimi geschrieben.

Daheim mußte bereits ans Mittagessen gedacht werden. Wir kochten Zwirbelnudeln, Möhren,

Kohlrabi und harte Eier ← etwas, das Ming neuerdings wegen dem Muskelaufbau häufiger auf den Speiseplan zu setzen pflegt.

Ganz so nett wie gestern war Ming nicht, und ich hatte doch schon eine Riesenfreude verspürt und gemeint, er sei jetzt vielleicht immer so, da man ja immer hofft, das „Gute" möge einrasten und bleiben.

Nach dem Essen benahm er sich sogar leicht kläuschenhaft und etepetetsam, und meinte gar, ich würde „wie der Wolf", weil ich hinausging, ohne etwas hinauszutragen, so als würde ich meinen: „Der Ming wird's schon richten!"?

Sonst war's aber nett, und einmal sagte ich laut, daß ich ganz fest glaube, daß Ming das Abitur schafft! Rehlein hatte zuvor am Telefon noch gesagt, daß man ihr erlauben möge, daß sie bitteschön erst daran glauben müsse, wenn er's endlich hat! Ich aber sagte, man müsse jetzt schon daran glauben, denn sonst schafft er's nicht, weil die Glaubensmoleküle fehlen, die den Hoffnungsteppich weben, auf dem Ming zum Abitur getragen würde.

Dann radelte ich zu Böhlers, wo Omi Melzer soeben Obacht auf die Kinder gab.

Ich hatte mich erboten den kleinen Johann zu sitten, und meine Aufgabe bestand darin, neben dem kleinen Johann mit seinem Helm und seinem Tigerentenfahrrad herzufahren, an dem ein steil in die Höhe ragendes Fähnchen stak, damit auch ganz gewiss nichts passiert.

Gemeinsam fuhren wir durch die dicht befahrene Stadt zur Turnhalle, wo ich ihn abliefern sollte, auf daß man eine Stunde Ruhe vor ihm habe.

Leider verwandele ich mich in der Aura vom kl. Johann in eine Variante von Omi Melzer, während Rehlein doch wiederum glaubt, die Kinder seien deswegen so geistlos und stumpfsinnig, weil sie immer von Omi Melzer gesittet werden? Falsch gedacht, denn nach nur fünf Minuten mit dem kl. Johann hatte ich mich gänzlich in die Omi Melzer verwandelt, – oder vielleicht auch in eine jener friesischen Muttis, die immer so teilnahmslos danebenstehen, und keine Ahnung haben, was man tun, oder was man zu den Kindern sagen solle?

Ich lernte einen sympathischen jungen Vater kennen, in dessen Augen ich mich natürlich als Mutti vom Johann spiegelte.

Besonders störend am Johann finde ich, daß er nie groß auf Worte eingeht. Erzählt man einen Witz, so lacht er nicht. Stellt man eine Frage, so bekommt man keine Antwort – es ist grauenhaft. Gott hat die Böhlers gestraft mit diesem Kinde.

Ich lieferte den Knirps bei seiner Judogruppe ab, und blieb noch eine Weile lang gutmütig an der Sprossenwand stehen.

Ich wartete vergebens darauf, daß sich Anfeuerungsgefühle in mir bilden wie bei einer echten Mutti.

Stattdessen mußte ich an Eberhard und Uschilein und ihre Adoptivkinder denken: Man bringt sie zum Sport, und ob sie nun siegen oder verlieren ist einem

völlig einerlei, da es nun mal nicht die eigenen Kinder sind.
Der junge, noch unreife Judo-Lehrer konnte einem leid tun: Die Luft war mit unqualifiziertem Kindergekreische gefüllt, und seine etwas lasch und wenig autoritär vorgetragenen Lehren verhallten ungehört.

Später holte ich den Knirps wieder ab. Inzwischen war noch ein türkischer Assistenzlehrer herbeigeholt worden, der etwas mehr pädagogisches Knoffhoff besaß. Die Kinder durften jemanden zu Fall bringen, und mußten sich hernach nach japanischer Sitte verbeugen.
Dann rannten und krischen die Kinder wild herum, und warfen sich paarweise übereinander, und manchmal sah´s aus, als wolle jemand dem Johann seine dünnen Beinchen ausrupfen, als ob er ein Fröschlein sei.
Dann wollte mir der Johann etwas Lustiges vormachen, doch ich verstand überhaupt nichts, so als spräche ein retardierter 2-jähriger zu mir.
Trotzdem lachte ich nett und gutmütig dazu.
„Haha!" machte ich nett.

Abends kam der Biomann mit seinem Kinde zu Ming, um das Talent des Kindes prüfen zu lassen.
Hernach kam ein lieber Gast zum Abendessen: Der Tone.

Zum Abendessen wurde leider bloß über Konzertflügel geredet. Doch der Tone setzte sich zu Beschmusungszwecken neben mich auf die Bank.

Wir schauten Sketche mit Didi Hallervorden und Loriot, und dann kam uns die Christiane besuchen, die vielleicht etwas „irritiert" war, daß der Tone zu Gast gekommen war und mit mir schmuste?

Ming zündete Kerzen an und spielte traumhaft Klavier.

Mittwoch, 23. Februar

Mild, unauffällig – doch eher grau

Einmal rief der Herwig an, der sich grad so, als sei ich eine schlichte Küchenbedienstete, höchst unverbindlich meldete, und nur ganz knapp frug, ob der Iwan „doo sääi"?
Dadurch aber, daß ich ja derzeit einen Roman über den Herwig schreibe, schaltete ich zu dem sich anschmiegenden Telefonat mit Ming den Lautsprecher ein. Ich lauschte Herwigs Worten, die von jenem Belag überzogen schienen, daß er darüber, daß so wenig geprobt wird, ungreifbar bitter und sauer ist. Doch würde genug geprobt, so würde sich

seine bedingungslose Grundsäuernis und Bitternis über etwas anderes ergießen. Eine Eigenschaft vom Herwig, die man ja leicht vergisst, wenn man ein wenig Distanz zu ihm gewonnen hat.
„I hob von dääiner Muhdr g´hört, du kommst frühestens am Samstag zurück!" hörte man den Herwig in grantigem Wiener Sing-Sang und verhaltener Lebensbitternis sagen.
„Was heißt „frühestens"? Ich *komme* am Samstag!" sagte Ming verwundert.

Ich loste aus, Briefe zu schreiben.
Ein Brief an die Kadda wurde fertig, und einer ans Lindalein eingefädelt. Die Arbeit befriedigte mich sehr. Auf das Kuvert für die Kadda zeichnete ich mit Liebe zum Detail einen Patienten mit geöffnetem Mund beim Zahnarzt, und den halben Zahnarzt mit einem Lächeln im Gesicht noch dazu.

Zur Mittagsstund kehrte Buz aus Grebenstein zurück. Buz war sehr nett, weil´s auch entspannend und angenehm für ihn ist, frei von ehelichen Dispüteleien die Kinder zu genießen.
Es gab ein langweiliges Mittagessen: Aufgewärmte Nudeln mit einer Eiermasse.
Buzens Lieblingsthema zur Zeit ist die Schar seiner koreanischen Schülerinnen, und ähnelnd einem pubertierenden Mädchen, das ständig über die Backstreetboys referieren möchte, drängt es den süßen Buz, beständig über die Koreanerinnen zu reden.

„Meine „Kimmerei" ist schon erstaunlich!" sagte er wie nebenbei, um sachlichen Tonfall bemüht und doch in Plauderschwunge steckend, beim Mittagessen.
Ming wiederum drängt es, dauernd über seine neuen Erfahrungen beim Bodybilden zu berichten, und nur ich sitze gutmütig dabei, und höre mir das alles an.

Buz erzählte vom Kissin-Film, den er gesehen habe, und beschrieb die Forellenquintettprobe mit und um Gidon Kremer herum auf plastischste Weise, so daß man sich hernach gefühlt hat, als habe man den Film ebenfalls gesehen.
Jewgenij Kissin, der junge Pianist, sei sehr starr und strikt gewesen, und ließ nicht mit sich diskutieren.
Aber man ahnt´s:
Wenn Musikanten, die eh schon gut spielen, sich zu einem Ensemble formieren, dann wird immer nur ein bißchen rumgezerrt und rumgezurrt, so als zupfe man in engagierter Unzufriedenheit an einem Kleidungsstück herum, das sich hernach wieder in seine ursprüngliche Form zurückkräuselt.

Dann spielte Buz so schön auf seiner Violine, wie ich ihn schon lange nicht mehr gehört habe. Zunächst das Brahms-Konzert allein, und hernach die Debussy-Sonate mit Ming am Klavier.
Buz war durch seine Koreanerinnen inspiriert worden, und nun hatte sich diese Inspiration durch sein inspirierendes Spiel auch auf mich übertragen,

und ich spielte Buzen ganz enthemmt und mit exzellenter Haltung die Zigeunerweisen und die Havanaise vor.

Dann kam auch noch so ein entzückender Anruf von Rehlein aus Ofenbach, so daß sich eine ganz warme Familienstimmung auftat, und wir uns alle vier ganz wahnsinnig liebten.

Vor dem Bioladen traf ich die unheimliche Frau von Dieter E.

Seltsamerweise sagte sie sogar „Du" zu mir, was ich mir nach Rehleins befremdlicher Geschichte, ihr gegenüber nicht herausgenommen hätte.

Theoretisch hätte ich jetzt sagen müssen: „Ich finde es nicht so gut, wenn wir „Du" zueinander sagen, denn wir haben doch gar nichts miteinander zu tun!"

Stattdessen ließ ich mich aber von ihrer Verkrampftheit anstecken, und wir wechselten verkrampfte, nichtssagende Worte darüber, wie lange wir noch hier sind, und daß das gar nicht so lang sei!

Donnerstag, 24. Februar

Weißwölkig. Am Morgen zarter Sprühregen

Buz las mir aus dem *„Spiegel"* vor, wie es mit unserer Welt, wenn auch auf natürliche Weise, nun doch bald dem Ende entgegen geht, da unter dem Yellow-Stone-Park ein unterirdischer Vulkan brodelt.

Heute war ich froh und dankbar, nicht kochen zu müssen, da uns die Christiane sehr nett zum Mittagessen eingeladen hatte.
Weil ich so langsam bin, fuhr ich auf meinem Radl schon mal vor. Allerdings bemerkte ich im Spiegel vom Autohaus, daß mir der süßeste Ming lautlos gefolgt war
Vor dem Heinrichschen Anwesen rollte soeben der kleine Martin mit seinem gelben Helm auf dem Kinderradl ein, und augenblicklich bekraxelte er den gutmütigen Ming. Die Susanne radelte eher indifferent herbei, weil sie den Ruf hat, von etwas unpersönlichem Wesen zu sein, und hat man erst einmal den Stempel eines Ruf's aufgestempelt bekommen, so möchte man diesen Ruf auch verteidigen – egal wie gut oder schlecht er sein mag.
Und als wenig später auch noch Buz selber eintraf, gerieten die Kinder völlig außer Rand und Band. Sie lärmten in einem Maße, das man kaum fassen konnte!
Der Martin trommelte auf dem Paukenprovisorium, drosch auf dem Klavier herum, besprang Ming und krisch ohrenbetäubend – und die Susanne tutete ins gleiche Horn! (Der Nachahmungstrieb.) Hi und da zog sich der Martin seine (noch) unausgeleierten Tränensäcke furchterregend in die Tiefe. Er sagt Dinge wie „geil" und „cool", und den Erwachsenen

wie mir bleibt eigentlich nicht viel anderes übrig, als hilflos „höhö" dazu zu machen.

Die Christiane legte eine läppische Unterhaltungs-CD auf und der Martin stellte das Gerät auf ungeahnte Lautstärken, und als man es kaum noch fassen konnte, <u>wie</u> laut das nun war, schaltete es die Susanne in nicht mehr gutzuheißendem Übermut noch lauter!

Bald darauf kehrte gutgelaunt Familienoberhaupt Jörg zurück. Leider war der Christiane ihr Dosenfleisch mit Ananas ein wenig angekokelt, aber wir aßen es trotzdem.

Nach dem Essen hieb der kl. Martin Ming einmal fast das Fernglas ins Auge. Davon schäumte Ming – auch aus pädagogischen Gründen – ein wenig auf, und der kleine Martin schämte sich leicht.

Über einen Dinosaurier, den man in zwei Teile zerlegen konnte, sagte die Susanne so rührend: „Den hat Martin vom Weihnachtsmann geschenkt bekommen!"

Freitag, 25. Februar

Zart-sonnig.
Allerdings auf eine Art, die ich nicht so mag -
Frühjahrsputzsonnenschein

Leider hat Buz einen Hubbl auf der Schläfe, der so groß ist, daß man daran ein Kleiderstück aufhängen könnte! Und außerdem besuchte Buz heut wegen seiner geplanten Kur den Dr. Müller!
Ming räumte im Turbotempo auf, und auch ich versuchte mich nützlich zu machen, indem ich in Buzens Zimmer die Papiervermüllungsberge die sich auf dem Schreibtisch gebildet haben, ein wenig abzutragen suchte. Bloß, daß sich davon vier neue Müllberge auf Buzens Bett bildeten.

Abends kamen Heiko & Moni mit ihren beiden Kindern zum Pizzaessen zu Besuch:
Die Kinder droschen unkontrolliert auf dem Klavier herum.
Beim gemütlichen Plaudern erfuhren wir, daß sich der Pizzabäcker vom „Romantico", dessen Pizza wir nun aßen, sich einst gegen den Heiko daneben benommen habe: Er hatte den Heiko im Verdacht, über ihn gesagt zu haben, er sei ein Kloputzer, und ritt neurotisch wie der Yossi darauf herum.
„Ich korrigiere mich: Niemals putzt er sein Klo!" hätte der Heiko sagen sollen. Doch nun ist´s zu spät:

Der passende Moment für diese kleine aber feine verbale Ohrfeige war ungenutzt verstrichen.
Ich schlug vor, die Pizza zu versalzen und entrüstet zurückzubringen.
Die Kinder erzählten Witze, wir lachten gutmütig, auch wenn die weder witzig noch verständlich waren, und hernach sprachen wir verbindend über Zahnärzte. Die Zeiten haben sich sehr geändert, und heutzutage gibt es schon singende und räppende Zahnärzte, und einer hat für die Wurzlbehandlung einen dressierten Bonobo angestellt.
Dem Heiko ging´s zum Schluß nicht so besonders, weil er immer gerne einen über den Durst hebt.
Er legte sich auf Ming´s Bett und starb. ← nein, stimmt nicht ganz.
Einmal stürmte die ganze Familie Baumfalk mein unaufgeräumtes Zimmer und man mußte immer Todesangst haben, daß die Kinder meine Geige begrabschen, und sich damit einen Schabernack oder gar Unfug erlauben.
Sogar meine Schatztruhe öffnete der wunderfitzige Johannes, und dann frug er noch, ob er auf meinem Bett hopsen dürfe?
Die Isabella furzte sogar mal leise, doch es handelte sich nur um einen zarten Kinderfurz, und so machte es mir nichts aus.

Samstag, 26. Februar

Sonnig, zärtlich.
Allerdings tauchten manchmal
dunkel-violette Wolkenbänke auf

Ming und ich fuhren zum Bahnhof nach Leer.
Ich erzählte Ming in glühenden Farben von dem wunderbaren neuen Bahnhofscafé in Leer, wo der Kaffee in riesenhaften leuchtend bunten Tassen serviert wird, und wie ein Reisender sagt: „Das kann doch unmöglich ihr Ernst sein?! Eine Tasse Kaffee 12 Mark?!" „Warten Sie´s ab!" schelmt die Serviererin, und bringt eine so wunderschöne, bunte, große Tasse, die einen ganzen Liter Kaffee umfasst.
„Was soll denn das? Ich muß in 7 Minuten auf den Zug!" stöhnt der Reisende wenig begeistert.
„Hahahaaa!" frohlockt die Kellnerin, "dies ist das einzige Caféhaus der Welt, das einen Kaffee auch in Zahlung nimmt! – Sie trinken jetzt 5 Minuten daran herum, und wir bewahren Ihnen den Kaffee auf, bis Sie einmal wiederkommen, und dann wärmen wir Ihnen den Rest in der Mikrowelle wieder auf! Na, was sagen Sie nun?"

„Süßer Ming! Du wirst mir so fehlen!" sagte ich oftmals zärtlich, weil ich mit Ming diesmal so glücklich war.

Ming hat sich angewöhnt, immer so nett „Kikalein!"
zu sagen.

Man höre und staune:

Auf der Treppe zu Gleis 14 trafen wir unsere Freundin Athina, die ihre rumänische Freundin Nastja, eine reife Frau, die rumäninnengemäß attraktiv und gehärmt in einem ausschaute, bereits in den Zug Richtung Hannover verfrachtet hatte, und ihr soeben Schokolade als Wegzehrung kaufen wollte! ← (nett!) Das Vorhaben wurde dann allerdings durch die überraschende Begegnung mit uns torpediert: Man mußte sich umarmen und mit Nett- und Höflichkeiten überschütten.

Ich fühlte mich hibbelig-nervös, weil ich gleich mein eigener Herr sein würde, und traurig zugleich, weil mir der süße Ming unaufhaltbar hinweggeschwemmt wurde, und man doch nie sicher sein kann, ob man sich eines Tages wiedersieht?

Dann kaufte ich mir eine Zeitung, und setzte mich in jenes schöne Frühstückscafé mit den bunten Tassen. Für nur 4 Mark 95 bekommt man dort ein ganz normales schmackhaftes Brötchenfrühstück, an dem es nichts zu beanstanden gibt.

Wieder in Aurich.

Der Biomann, Herr Kutschker, war mir heute ein wenig „bedeckt" erschienen, so als möge er uns nicht mehr, und lächele nurmehr aus Professionalität?

So suchte ich die verlorengeglaubte Freundlichkeit, indem ich ihm besonders herzlich, und sogar mit Nachdruck ein schönes Wochenende wünschte.
Rehlein mag diesen milden, leicht beglatzten Herrn leider nicht besonders, weil er irgendeiner Sekte angehören soll, doch ob Rehlein wirklich recht hat mit ihrem doch oft harschen Urteil?
Daß er einer Sekte angehört, zeigt doch nur, daß er den Halt auf Erden ein wenig verloren hat, und sich vielleicht nach einer „höheren Wahrheit" sehnt?
Mittags aß ich die rote Beete und das schöne Gemüse von gestern (Möhren & Sellerie), so als sei´s ein kleiner Gruß Mings, der immer so rührend für uns da ist.

Als ich am Spätnachmittag durch die Glupe radelte, hätte ich plötzlich so gerne Frau Tosch besucht. Doch wie ihre Nachmieter wohl reagiert hätten, wenn ich nach ihr gefragt hätte?
„Frau Tosch ist seit 16 Jahren tot!"

Abends beim Üben:
Meine Hände übten zwar für das Konzert in Wolfenbüttel – Augen und Verstand schickte ich zu dieser Mühsal allerdings in die hellerleuchtete Rungesche Küche gegenüber, wo man eine Flasche Rotwein auf dem Tische stehen sah.
Ich bemerkte, wie es langsam zur Sucht wird, zu schaun, „was des Andern ist". Dies bemerkte ich,

als ich mich niedersetzte, und sich der Anblick plötzlich meinen Blicken entzog.
Das störte mich, meine Arbeit und meinen Gedankenfluß.

Meine Lieben hatten mir je auf Band gesprochen: Ming, Rehlein & Buz.

Sonntag, 27. Februar

Zart blau bis hellgrau

Telefonat mit Rehlein:
Ich erfuhr, daß der Opa jetzt wieder so bezaubernd sei, und wie schade es doch wäre, daß Buz davon nichts mitbekommen hatte!
Als ich über Ming & Buz referierte, mit denen ich nun fast den gesamten Feber verbracht hatte, wurde ein einziger, nicht endenwollender Lobgesang daraus, doch Rehlein meinte abwiegelnd, daß Ming schon auch viel von seinem Vadder geerbt habe:
Neulich beispielsweise habe er sich so viel vorgenommen, doch da sei die Dame Gerswind mit ihren beiden Kindern gekommen, und den ganzen Nachmittag geblieben.

„Und <u>unter</u> uns..."sagte Rehlein verschwörerisch hinter vorgehaltener Hand, „die Gerswind ist 'n bißl langweilig!"
Rehlein hatte den Eindruck, die Gerswind sei nur gekommen, um sich auszuruhen.

Montag, 28. Februar

Verregnet und grau

Ich frug mich, ob´s den Nachbarn wohl ein wenig arg ist, wie ich immer noch näher ans Fenster hinantrete, um noch besser auf sie draufschaun zu können?
„Geht´s noch näher?" denken sie vielleicht verärgert, wenn sie mich schon wieder da stehen sehen?
Wenig später brachte Herr Otten eine große Tüte mit frischen Brötchen nach Hause.

Am Vormittag kam die Reinmachefee Frau Meyer:
Frau Meyer löste einen großen Plauderschwung in mir aus, und ich lud sie gleich zum Teetrinken ein.
„Sie müssen sich unbedingt eine hübschere Tasse nehmen!" rief ich johannahaft, da sich Frau Meyer die allerschäbigste aus der Küche genommen hatte.

Ich erzählte, wie schön es mit dem süßen Ming gewesen sei, und wie er vielleicht nach Amerika auswandert, und man ihn nicht mehr sieht.
Es kam ein Schüttelregen auf.
Die Fensterscheiben waren mit lauter Wasserperlen benetzt.

Als Frau Meyer gegangen war, rümpelte ich unter Bruckner-Klängen (Symphonie Nr.3) wieder in Buzens Zimmer herum.
In einer Schublade befanden sich tausende und abertausende alte Prospekte von Musikalischen Sömmern von Ostfriesland, sowie Prospekten aus St. Pölten aus dem Jahre 1992, und ich wunderte mich, weil Rehlein den Schreibtisch doch immer mal wieder aufräumt, und frug mich, was man mit den Bergen an Prospekten wohl noch vorhabe? Sie einfach zum Altpapier zu legen brachte aber auch ich nicht übers Herz, da dies wohl bedeute, alte Erinnerungen in die Tonne zu legen?

Im Bodybildungszentrum nimmt mich von jenen Damen, die sich da rumquälen, auf daß ihnen die Männer in Scharen nachrennen mögen, niemand wahr. Ich fühle mich fast wie ein Geist, oder zumindest so, als sei ich unsichtbar, und lustig wär´s jetzt natürlich, wenn man mich nicht einmal mehr im Spiegel sähe.

Dienstag, 29. Februar

Verquollen, wolkig und windig. Allerdings zumindest
am Vormittag mit nordischem Sonneneinschlag.
Dann wurde es aber ganz grau,
und abends regnete es

Erhoben um 7
Eines ist immer sehr ärgerlich an meinem Früh-
erhebungstag: Der Wecker hat noch nicht geschellt,
aber man sieht, daß die Nachbarn bereits beim
Frühstück sitzen, und es sich nur noch um Stunden
handeln kann, bis einen der Wecker in das kalte
nackte Leben hinauspeitscht!
(Ein Passus wie aus dem Tagebuch von Herrn
Grootheer).

Beim Frühstück dachte ich mir aus, wie ich zu Buzen
reden will, wenn er wieder da ist – auch wenn ich bei
dieser Vorstellung seine autistisch-absorbierte Art
vor Augen hatte.
„Dieses Werk macht dir sicher Freude!" würde ich
beim Einlegen der Bruckner-Symphonie sagen, und
darauf bestehen, daß Buz es dreimal hört, damit er es
auch wirklich erfasst.
„Der Schluß klingt vielleicht ein bißchen nach
Janaček!" würde ich beiläufig und bar jeglicher
Wertung sagen, und Buz würde staunen, daß ich so
gebildet bin.

Ein wenig ärgerlich war, daß ich schon wieder dumpfe Schmerzen an meinem Sorgenzahn bekam. Hilflos fühlte ich mein hilfloses Mietertum im eigenen Körper.
Dann dachte ich mir aus, wie ein paar maskierte Typen aus dem Osten, die mit Schürhaken unser Balkonfenster eingehauen haben, mich in meiner Wohnung überfallen, und wie sie in ihrer hektisch-nervösen Art irritiert wären, wenn ich vollkommen ruhig und gelassen bliebe.
„Ihr könnt mich ruhig erschießen!" sagte ich gleichmütig und nehme noch einen Schluck aus der Teetasse, „ich hatte ohnehin vor, Selbstmord zu begehen."

Mein Zahn tat nach einer Weile nicht mehr weh, weil es mehr so Knochenschmerzen und keine Nervenschmerzen waren – somit erträglich, aber trotzdem lästig.

Ich rief Buz in Grebenstein an und erfuhr, daß die Petra das Brahms-Konzert hervorragend, ihr Klausurstück aber etwas hibbelig und nervös gespielt habe, und so habe es ihr leider nur zu einem Zweier gelangt! Schuld daran war der ekelhafte käsigbleiche Mafioso Creitz (wie immer!) ← sagte Buz in verachtungsvoller Niedergeschlagenheit.

Ich erfuhr, daß Onkel Dölein an seinem Geburtstag immer genau so viele Meilen abstrampelt, wie er Jahre alt geworden ist (heut somit 64!)

März 2000

Mittwoch, 1. März

Sonnig, kühl und windig

Mitten in der Nacht fühlte ich auf ärgerliche Weise meinen Sorgenzahn. Am Morgen ging es mir nicht so gut: Hauptsächlich deswegen, weil mir die Entscheidung, ob ich nun die Zahnarztpraxis aufsuchen solle oder nicht, Pein bereitete.

Im Bioladen schien´s mir zwischen den bleichen und frommen Eheleuten ein bißchen zu gähren, wobei der sonst so milde Mann das aggressivere Teil zu sein schien.
„Sie sind jetzt länger in Aurich?" frug mich die Frau einfältig, während der Mann in ihrem Windschatten ihr gegenüber eine unerträgliche Stimmung verbreitete, die sogar mich leicht besengte.
Am liebsten würde er ihr den Schädel einschlagen und sie hernach an die Schweine verfüttern.

Mittags kehrte Buz aus Grebenstein zurück:
Ich erfuhr, daß es mit Herrn Hamann noch ein Stückerl mehr dem Ende entgegengegangen sei:
Er entwickelte eine Allergie gegen eine seiner hochgiftigen Chemikalien, die ihm die Bochumer Spezialisten im Rahmen seiner Krebserkrankung, als

Exitus-Profylaxe verabreicht hatten, fiel hin, brach sich beide Beine und die Hüfte noch hinzu!

Abends erzählte ich vom Ramon:
Ich erzählte, wie sein Vater in einer Lebenskrise stak und plötzlich die Komponiererei als Dampfablassungsventil für sich entdeckt hat. Er komponierte eine Seite nach der anderen, und die daraus resultierende Musik klingt wie: „Der weiße Hai IV" „Der Weiße Hai V" „Der weiße Hai VI" usw. und wenn der Ramon schüchtern andeutet, daß er mit dem Studium nicht nachkommt, dann sagt der Vater neurotisch: „Sag doch bitte gleich, daß es dir nicht gefällt! Da hätte man sich die Mühe doch sparen können!" und schmeißt den Stapel Noten auf wüste und aggressive Weise in den Kamin.

Buz erzählte, wie er zur Musikhochschulspförtnerin Frau Martin gesagt habe: „Sagense mal! Warum sind Sie eigentlich so wenig liebenswert?"
Frau Martin erschrak von diesen doch sehr direkten Worten sehr, und ist seither deutlich netter. Buz färbte sich beim Erzählen sogar zartrosa ein, weil's eben eine Geschichte mit einem hohen emotionalen Gehalt ist.

Meine Zahnschmerzen wurden etwas besser, und manchmal vergaß ich sie ganz.

Donnerstag, 2. März

Unauffällig grau, ab Nachmittag Regen und Wind. Buz fand das Wetter abscheulich, doch ich dachte da positiver: Es ist ein Wetter, wo man es sich eben daheim gemütlich macht

Wegen einer geplanten Beerdigung hatte uns Kantor Schmidt auf Band gesprochen, und ich malte mir aus, wie er auf seine verdruckste norddeutsche Art in seiner verspannten Reibeisenstimme vielleicht sagt: „Die Beerdigung ist auf Mitte Juni verschoben worden!" Doch es war bloß, daß wir erst morgen proben sollen.

Heute ging Buz erstmals in den Fitnessklub. Ich begleitete ihn zur Herrenecke hin.
„Schau, da sitzt ein Herr und freut sich schon auf Dich!" sagte ich ermunternd zu Buzen, - mich dabei fühlend wie eine Mutti, die ihren Sohn in der neuen Schule abliefert. Und als ich selber bei den Damen rumturnte, frug ich mich beständig, wie es meinem Papa wohl geht? Ob er von den Anderen gar wie in einer Schulklasse verhöhnt und verspottet wird? Oder aber, ob Buz angenehm überrascht ist, daß ihn alle so akzeptieren wie er ist?
Ich bin als Erste fertig geworden, und holte Buzen neugierig ab.

Buz schien stolz und zufrieden, und dem Trainer war es durch seine schlichte Herzlichkeit gelungen, Buz als Dauerkunden anzuwerben....

Abends probten wir den 2. Satz vom Doppelkonzert von Bach für die morgige Beerdigung von Frau Schüt, und beim Proben dachte ich, daß die meisten Geiger jetzt dächten, man müsse da was draus machen, sonst schliefe das Publikum ein. Doch ich dachte es nicht.

Freitag, 3. März
Aurich - Peine

Zuerst gischtig verregnet. Hi und da schien die Sonne, dann wiederum fegten stürmische und graue Gischtregenwände über die Straße.
Nachmittags schön – bei Dunkelheit etwas Regen

Draußen herrschte ein regelrecht abscheuliches Wetter: Der Regen gischtete laut, und zu meinem Erhebungsvorgang stürmte es ungestüm.
Z.Zt. beginne ich den Tag zumeist mit einem Teepicknick am Fenstersims.
Ich setzte mich somit ans Fenster, trank Tee aus unserer bombenförmigen Thermosbuddl und schaute dem Wetter zu. D.h. ich schaute nur mit dem einen Auge, und mit dem anderen las ich

meinen Friesenkrimi, um zu erfahren, wie es mit einer unbekannten Dame mit Namen Wiebke Kleedorf weiterging. Geschrieben von Theodor J. Reisdorf, einem Herren der es meisterhaft verstand die Krimis so packend einzufädeln, daß man einfach weiterlesen *muß*. Doch mit der Zeit flacht die Spannung wieder ab, und der Leser liest seitenweise, wie der ratlose Kommissar Tee trinkt, und mit seinen Ermittlungen auf der Stelle tritt.

Zum Frühstück legte ich mir die fünfte Symphonie von Bruckner ein. Ein mir gänzlich unbekanntes Werk, von welchem ich vorläufig bloß den 1. Satz angehört habe. Danach wäre es irgendwie komisch gewesen, weiterzuhören, weil es aus der Mode gekommen ist, sich einfach nur so hinzusetzen, um der Musik zu lauschen. Wahrscheinlich, weil man dabei die eigene Faulheit so spürt? Etwas, was einen beim „Streit um III" schauen weniger geniert, weil man dabei von seiner beschämenden Faulheit abgelenkt ist.
Ich stellte mir vor, wie die meisten Musiker auf die Frage, ob sie Bruckners Fünfte kennen würden, fast entrüstet zu antworten pflegen: „Aber natürlich! – dem Namen nach!"

Um zehn Uhr hatten wir eine Probe mit Kantor Winfried Schmidt vereinbart, die in jenem Klubraum stattfand, in welchem sich Frau Backe und Pfarrer

Diekmann einst das „Ja-Wort" gegeben haben, wie Buz sich freudig erinnerte.

Wir probten den zweiten Satz von Bach's Doppelkonzert, den sich die Hinterbliebenen in ihrem Schmerz gewünscht hatten. Buz machte ganz viele dirigentische Bewegungen wenn ich alleine spielte, und Rehlein & Ming an meiner Stelle wären sicherlich aufgefünscht. Mir aber machte es nichts aus; ich fand meinen Papa so süß und frisch und liebte ihn unglaublich.

Hernach ist Buz zum Arzt gegangen, um sich seine Krankschreibung abzuholen, und ich war mit dem kantigen Kantoren allein. Wir spielten ein Werk von Brahms, und mir fiel auf, daß Winfried Schmidt in geradezu beklemmender Weise Ton für Ton spielt, solcherart, als wolle man einen Roman buchstabierend vorlesen, und zudem hat er auch noch die Gewohnheit, besonders einer Frau gegenüber, gönnerhaft die Einsätze zu erteilen, so als sei er's gewohnt, hauptsächlich mit krampfhaft zählenden und dann doch falsch einsetzenden Musikern zu tun zu haben. („Hääää! Ich hab doch sogar in Achteln gezählt!" – Und dann stimmt's doch nicht!)

Hernach spielten wir die Air von Bach, und ich spielte schlicht und inbrünstig in Einem, doch Kantor Schmidt würde sich eher den Kopf abhacken lassen, als mir ein paar Nettigkeiten diesbezüglich zu sagen, und theoretisch hätte ich ja ausrufen sollen: „Herr Schmidt, sagen Sie doch was! Wie mundet

Ihnen mein Spiel? Nein. Wie ÖHRLT Ihnen mein Spiel??" Doch ich verabsäumte dies, und dann kam auch schon Buz, um mich wieder aufzupicken.

Um halb eins fand die Trauerzeremonie in der Friedhofskapelle statt. Moderiert wurde das tragische Geschehen von einem „Herrn König":
Einem Herrn, zirka 48 Jahre alt, mit einer Borstenfrisur, einem rosig-gewaschenen Gesicht und einer spröden Art.
„Ich kann nicht einmal Noten lesen!" sagte er im Künstlerzimmer, und Buz wurde von diesen albernen Worten ein wenig übermütig und schelmte beim Hinausgang so, daß man es auch hören möge: „Das ist ja so, als wenn ein Geiger keine Bibel lesen kann!"
Über hundert schwarzgekleidete, z.T. leider sehr stumpf wirkende Menschen waren erschienen, und wir musizierten in äußerst beengten Verhältnissen oben auf der Empore.
Wir erfuhren, daß Grete Schüt (*26.7.1922 – †27.2.2000) Ehefrau eines Herrn und Mutter von vier Kindern vor kurzem noch auf dem Radl gesehen wurde. Doch nach einem kleinen, im Grunde harmlosen, Radunfall besuchte sie wegen einem leicht verrenkten Knie eine Arztpraxis, wo ihr eine Spritze verabreicht wurde, durch welche sich ein kleiner harmloser Gallenstein löste. Noch am selben Abend mußte sie ins Krankenhaus gebracht werden, wo sie kurz darauf völlig unerwartet verstarb!

Nun oblag es Pastor König, das Unfaßbare mit den passenden Worten verdaulich zu machen.
Einmal sagte Pastor König: "... die Ärzte, die sich sou herrvooohrragend um Sie bemüht haben".
Da hätte der Ehemann theoretisch aufschäumen können: „Ja. So hervorragend, daß Sie jetzt hier liegt!" Doch nichts geschah.

Ich erzählte Buzen plastisch von den Langes in Wolfenbüttel, und daß die Frau auf den Tag genau einen Tag älter sei als er, aber schon eine richtige ältere Dame ist, während man Buz selber doch noch als Jüngling bezeichnen könnte.
Immer wenn ich Frau Lange sehe muß ich denken: „Was *ein* Tag ausmacht!"

Bald darauf fuhr ich ab. Zunächst wurde ich aus meinem neuen Autoradio nicht schlau, weil es leider nur schrille Quietschtöne absonderte. Etwas, was man jedoch vergaß, wenn man das Auto irgendwo abstellte um etwas anderes zu betreiben.
In der Stadt kaufte ich mir noch rasch aus meiner neuen Tagebuchserie die Bände „rot" und „grün", und in der Aral-Tankstelle half mir ein Herr so nett mit meinem Radio.
Dann fuhr ich zu und hatte eine solche Freude an der Reise: Alles lief so schön und glatt. Die Abendsonne über Ostfriesland wärmte mir das Gemüt, und ging in eine zarte Dämmerstunde über.

Samstag, 4. März
Peine - Wolfenbüttel

Höchst veränderliche Wetterlage:
Mal sonnig, dann grau und grimmig, windig und kalt

Als ich mich, dem Hotel entschält, mit meinem fahrbaren Untersatz wieder auf den Weg begeben wollte, wirbelte ein wütender kleiner Schneetornado auf.

Ich stellte mein Auto auf einem Supermarktsparkplatz ab und lief durch Peine. Doch nach einer Weile fühlte ich mich inmitten des Menschengewimmels wie eine Babysitterin, die sich heimlich und unerlaubt vom Ort des Sittens hinfortgestohlen hat. *Jeder Schritt nach vorn wirbelt neue Beklemmungen auf, und dann fällt ihr auch noch ein, daß sie das Bügeleisen nicht abgestellt hat.*
Ich lief und lief und schien nicht voranzukommen. Dazu malte ich mir aus, *wie mein Auto abgeschleppt würde. Stand da nicht ganz deutlich zu lesen „nur für Kunden"?*
Es kostet 120 Mark, und jetzt übers Wochenende bekomme ich mein Auto ohnedies nicht wieder...

Später auf der Reise nach Wolfenbüttel:
Einmal stak ich mit der Schnauze von meinem Auto viel zu tief im Straßengeschehen, so daß die

heranbrausenden Autos alle einen Hüftschwung machen mußten. Doch dies bin ich ja bereits aus Trossingen gewöhnt.

In Wolfenbüttel:
Ich fuhr etwas kopflos, da man in der Stadt ja nie weiß, wo man hinfahren soll. Außerdem fand ich keinen Parkplatz. Einmal zwängte ich mich fast ein wenig mit eingezogenem Po (so zumindest fühlte es sich an) hauteng vor ein anderes Auto. Doch dies gefiel mir nicht, und so hangelte ich mich wieder hervor.

Nach einer Weile setzte ich mich in ein Caféhaus. Leider gab es nicht einmal eine Nichtraucherecke, und jener Abschnitt in welchen ich mich zu setzen geruhte, war gar fensterfrei!
Zum Häusl führte eine sehr steile Treppe treppab, so daß das Caféhaus für Senioren und militante Nichtraucher praktisch <u>nicht</u> zu empfehlen ist. Dort unten arbeitete ein russisches Walroß unter Tage als Klosettfrau.

Ich bestellte mir einen dampfenden Tee und ein Bagettbrötchen mit Schinken und Ei.
In „*Bild der Frau*" las ich unglaubliche Dinge: z.B. von einer 42-jährigen Frau Krautwurst ← der Name als solcher hätte zum Schmunzeln anregen können, wenn nicht das tragische Geschehen, das sich drum herumrankte ein erheitertes Auflachen praktisch

verbat: Sie begab sich eines Tages zum Telefonieren in eine Telefonzelle und kehrte niemals wieder zurück. Ihre letzten Worte seien gewesen: „Servus Schatzi! Bis später!" Doch die Erfahrung lehrt, daß solche Worte den Hinweggeschiedenen und spurlos Verschwundenen oftmals einfach posthum in den Mund gelegt werden, um dem Unfassbaren eine ergreifende Note zu unterlegen. Wahrscheinlicher schien mir, *daß sie gar nichts gesagt hat, und der verdatterte Lebensabschnittspartner hinter ihr herdachte: „Nun hätte sie doch wirklich mal: „Servus Schatzi, bis später!" sagen können! – Aber nein…"*

Dann fand um 18 Uhr mein Konzert statt, zu welchem zirka 50 Leute erschienen sind.
Selbstverständlich waren auch die Langes gekommen, und Frau Lange lud mich schon vor dem Konzert für hinterher zu einem Glas Wein ein.
Später fuhr Frau Lange in meinem Auto mit. Ich fror, und freute mich auf den Kamin, den die Langes mir zu Ehren aufprasseln zu lassen gedachten.
Leider habe ich zu Frau Lange keine greifbare Wellenlänge, zumal es eine Dame ist, die nicht so wahnsinnig auf Humor anspricht, und auch nicht sehr gut hinhören kann, so daß ich wenig begeistert wäre, wenn dies meine Mutter wär.
Zunächst saßen wir bei einer Käsebrotzeit mit Wein am Kamin, und hernach in der Sofaecke. Frau Lange wollte mir weißmachen, daß sie mit ihrem Mann nie streitet, doch allein heute abend barschte er dreimal

etwas ungebührlich gegen seine Frau auf: „Wenn ihr zu zweit redet versteht man GAR NICHTS!" barschte er, und dabei redete Frau Lange doch ganz alleine, und dann ereiferte er sich leicht beim Thema, ob man nach Kassel wohl über Bad Harzburg fährt oder nicht.

Mir wurde das dümmliche Geschnatter von Frau Lange ein wenig viel.

Ungefähr alle fünf Wörter lang sagt sie „nicht?" oder „nüscht??", und ich malte mir aus, *wie ich eine Pistole zücke und ihr mitten ins Herz schieße, und wie sich ihr weißer Pullover rot färbt.*

Meist erzählt sie etwas über ihre Töchter, die sich nicht wehren können, wenn auf Altfrauenart völlig unpassend hinter ihnen herpsychologisiert wird, und von denen die Eine mitten im Examen steckt.

Dann präparierte sie uns allerdings noch sehr nett einen Eisbecher mit exotischen, heißen Früchten der Firma Bo-Frost (Köstlich.)

Seit dem 17.12.1999 ist Frau Lange Omi (Viktoria-Sophie).

Ich erfuhr, daß Frau Lange, die früher Lehrerin war, eine satte Pension von 4100 DM pro Monat bezieht.

Einmal malte ich mir aus, *wie ich zu <u>Herrn</u> Lange sage: „Darf ich Sie „Wolfgang" nennen?"*

Dann steigt Frau Lange rasch in den Keller hinab um schnell noch eine Flasche Wein zu holen, damit wir Brüderschaft trinken – doch ich sage: „Ich habe nur ihren Mann gemeint!" und wie sie dann womöglich leicht eingeschnappt ist?

Jetzt nächtige ich im Bett von Frau Langes Schwester, das leider schon einmal benutzt worden ist.
„Das wird Sie doch wohl nicht genieren?" sagte Frau Lange.
„Nein, nein..."

Sonntag, 5. März
Wolfenbüttel-Hornburg-Grebenstein

Mal zarter Schneewirbel, dann Sonnenschein.
In Grebenstein blaugrau verquollen

Am Morgen schabte Hochglanzkater Rüdiger an der Türe. Ich hatte ein Erbarmen und wollte ihn hinauslassen und dabei verzwirbelte ich ungeschickt den Fensterladen.

Mutti Lange in einem glänzend roten Schlafrock war etwas eher aufgestanden um uns ein gemütliches Frühstück zu richten, und hierzu lief wunderbare Opernmusik von Mozart.
Frau Lange redete wieder ganz viel: z.B. erzählte sie, daß sie schon einmal verheiratet war. Ihre ältere Tochter stammt aus Serster Ehe, so daß nur sie Oma, ihr Mann indes aber leider kein Opa geworden ist.
Und daß sie einmal 80 Tage lang im Krankenhaus war. (Eine schizophrene Psychose!)

Dann gesellte sich Herr Lange zu uns an den Tisch.
Kurioserweise ist mir das torhafte Gebabbl von Frau Lange vor ihrem gutmütigen, ruhigen, etwas schildkrötenhaften Ehemann direkt ein wenig peinlich, weil es leider so banal ist. Die gefallenen Worte zeigen großen Mut zur Lächerlichkeit.

Wir sprachen über Klassentreffen, und ich malte uns aus, wie der Opa in Ofenbach noch ein letztes Klassentreffen organisiert: Er muß nur noch sich selber ins Caféhaus einladen, weil er der Letzte aus der Klasse ist, der noch lebt.

Doch Frau Lange ging nicht groß auf diese beschauliche Idee ein, weil sie nie hinzuhören pflegt, wenn andere reden.

Einmal barschte Herr Lange schon wieder gegen sein „Puttchen" auf, als es darum ging, mir den Weg nach Hornburg zu beschreiben, und nachher war es so lächerlich einfach: Man mußte lediglich vom Hause der Langes aus 19 km geradeaus fahren, - und dann war ich so hingerissen, wie schön es in Hornburg ist!

Es schien auf einmal zart die Sonn´, und nicht nur die Stadt war so zauberisch, sondern auch die alte, großzügige Holzkirche. Ich lernte den etwa 50-jährigen graumelierten Pfarrer kennen, der mich an den Andi in der „Lindenstraße" erinnerte, und man möchte ja lachen, wenn man sich den leicht proletarisch veranlagten Andi im Talar vorstellt?

Er war auch recht nett, allerdings vielleicht mehr wie jemand, der sich vorgenommen hat nett zu sein, als

einer der's wie ein Buschmensch oder ein ganz natürlicher Mensch, genetisch bedingt ist.
Dort gestaltete ich den Gottesdienst mit, und hernach besuchte ich ein Caféhaus.
In einem Journal las ich so allerlei: z.B., daß Kanzler Schröder jetzt abspecken, und auch bei seiner vierten Frau Doris auf seine geliebte Currywurst verzichten muß.
Auf Drängen von Ehefrau Doris ließ er sich erstmals nach langen Jahren durchchecken, und der Arzt habe ihm voll Fingerspitzengefühl und Diplomatie gesagt: „Herr Bundeskanzler, Sie sind um einiges zu schwer!"
Ferner las ich über Ex-Kanzler Kohls sensible, 77-jährige Schwester Hildegard, der das Spendenschicksal von Bruder Helmut so nahe geht, daß sie bei einem Telefonat in Tränen ausgebrochen sei.
„Wein doch nicht, Schwester!" habe der Exkanzler gesagt, und beim Lesen tönten mir diese Worte auf oggersheimerisch ins Ohr.

Am frühen Abend besuchte ich die Omi.
Ich hatte mir ganz fest vorgenommen, daß mir die Omi während diesem Besuch nicht auf die Nerven fallen wird.
„Ich will ganz, ganz lieb und positiv sein!" sprach ich zu mir selber.
Die Omi war auch angenehm und nett, und freute sich sehr, daß ich jetzt zum Fitnessklub gehe, und

sonst sagt sie doch bei allem, was ich treibe und vorhabe „Gott ach Gott!"
Getragen von Omis Freude darüber, wälzte ich gleich die gelben Seiten nach Fitnessklubs ab, und war schon gespannt, wie´s dort sein würde, bevor ich den passenden Klub überhaupt herbeigeblättert hatte.

Montag, 6. März

Morgens schön sonnig,
ansonsten bräunlich grau und herb

Heute erfuhr ich von der Edith, daß sie schon länger verheiratet ist, als ich auf der Welt bin: Seit dem 12. Mai 1962. Auf den Tag genau zehn Jahre und zehn Tage später hat ihnen der Storch am 22.5.1972 einen kleinen Thomas gebracht.

Mittags war Mutti Kionczyk bereits am Werkeln, doch ich duckte mich symbolisch gesehen vor ihrer täglichen Babbelage, und zwängte mich auf reiner Beschäftigungstherapiebasis hinter meine Violine. Ich übte Bach und spielte sehr stringent, da ich die Schrödersche nebenan lauernd im Nacken spürte.
Die Schrödersche ist sehr belehrend veranlagt, kleidet ihre Belehrungen jedoch fast immer in eine fast übergroße Freundlichkeit – beleuchtet von

einem leicht überdreht wirkenden Strahlen im Gesicht.

Ich übte aber trotzdem, weil ich mir dachte:

Wie oft habe ich schon Verwünschungen gegen Frau Kionczyk ausgestoßen, weil sie einfach kein Gespür dafür zu haben scheint, wann es genug ist mit ihrem Gebabbl, und dann war man sich ja doch immer wieder gut – und natürlich könnte es schon sein, daß die Schrödersche innerlich ganz wild gegen mich ist, weil ich immer weiterübe, so wie Frau Kionczyk halt immer weiterbabbelt.

Doch letztendlich sind es Buzens Fingeraufklappübungen, mit denen er hier das Haus schalltechnisch zu durchlöchern pflegt, die die Schrödersche so wild gegen das Violinspiel eingestimmt haben, was man ja durchaus verstehen kann.

(„Spielt ihr Herr Vater noch lang??")

Dann wiederum mußte ich denken, daß die Omi sich ihr Essen, das heut etwas gewöhnlich, wie „ein Essen auf Rädern" schmeckte (weichgekochte Zwirbelnudeln mit Brokkoli), doch sehr hart verdient, wenn sie sich dafür immer diese Babbelagen anhören muß. Das ganze Essen wurde unter dem Loggoröhschwall von Omi Kionczyk eingenommen.

Am Nachmittag fuhr ich unter leichtem Zeitdruck nach Hofgeismar, um mir ein Bodybildungszentrum zu suchen, doch zwischen drei und vier Uhr wollte Omis Hoffrisör kommen, weil er – so verstand ich´s

– seine Kunden erst einmal kennenlernen müsse, bevor er das Skalpell am Gestrüpp auf ihrem Haupt ansetzt.

In Bahnhofsnähe fand ich den „Fitnesspoint". Ein desinteressierter müder Herr knöpfte mir 8 Mark ab, und ich war ziemlich die Einzige, die sich in diesen Räumen mit interessanten Foltergeräten – alles in gelb und schwarz gehalten – aufhielt.

Mir saß mein eigenes Pünktlichkeitsbestreben zwickend im Nacken.

„Sieh zu, daß Du bald wiederkommst!" sagt die Omi beim Abschied, und kehrt man zurück so sagt sie: „Du bist lange weggewesen, Mädchen!" Im Grunde Worte über die man sich freuen darf: Man wird nicht gerne fortgelassen, und während der Abwesenheit vermisst.

Zuhause ist der Frisör, ein gedrungener, netter Mann mit Bürstenfrisur, schon dagewesen und öffnete mir eigenhändig die Tür.

Die Omi war schon geschoren worden, und auf dem Küchenboden lag ein kleiner Berg aus feinem, silbernen Haar.

Dann frisierte er auch noch auf meinem Haupt herum und erzählte mir währenddessen von seiner Tätigkeit.

„Sie sind nicht nur Frisör, sondern auch psychologisch geschulter Frisurenangleicher!" sagte ich schmeichelnd, „denn der Mensch wird erst durch seine Frisur komplett – wobei auch eine Glatze als

„Frisur" im zierenden Sinne verstanden werden darf wie man sich nun einig war.

Das Wichtigste sei, daß die Frisur zur Persönlichkeit passt, und so gesehen ist es für einen Spitzenfrisör unerlässlich, sich vor der Schur mit seinem Schürling zu einem Vorgespräch zusammenzusetzen.

Vor dem Küchenfenster hörte man Kinder ballern.

„Die Übeltäter von morgen!" bemerkte ich – nach Erwachsenenart das Böse vorausahnend.

Ich erfuhr, daß dieser Frisör mit uns verwandt ist, und es erfüllte mich mit freudigem, ungläubigem Taumel, daß wir einen Frisör in der Familie haben. Es handelt sich dabei um den Schwiegersohn von Buzens Kusine Renate, Omis direkter Nichte.

„Ich kenne sogar einen Pianisten, der zuweilen davon spricht, gerne Frisör geworden zu sein!" spielte ich auf den Tone an. „Er kennt so viele Damen auf deren Haupt man etwas ändern müsste!" Und ob auch ich zu diesen Damen zähle?

Der Herr hat in hessischer Hilfswütigkeit gar nichts für seine Bemühungen haben wollen, und die Omi versuchte ihm fast gewaltsam 25 Mark aufzudrängen – vergebens!

Am frühen Abend kehrte Omi Kionczyk in unsere heimische Stube zurück und babbelte zirka 45 Minuten lang rum – währenddessen ich wie alle Tage üb- und dichtete.

Doch die Omi tat mir währenddessen so leid.

Das Dumme ist:
Wenn sich Frau Kionczyk endlich zusammenrafft um zu gehen, wird man von solch einer freudigen Woge beschämter Erleichterung erfasst, daß man unwillkürlich ein ganz freundliches Gesicht macht, wodurch sich Frau Kionczyk dann animiert fühlt, doch noch ein wenig weiterzubabbeln.
Die Omi sitzt oftmals einfach so da und schließt die Augen, und einmal sah ihr Kopf auf dem Halsstengel kurz aus wie eine Totenmaske.

Am Abend rief der Onkel Hartmut an, und auch mit mir plauderte er ganz lang.
„Erzähl mir etwas Nettes!" bettelte und barmte er, und bat mich vernünftig mit ihm zu reden, so daß mich diese Worte verlegen stimmten. Einmal sagte er, daß er mich liebt.
Mir gefällt´s in Grebenstein, und ich liebte die Omi unendlich.

Dienstag, 7. März

Grau, fast düster

Morgens begrüßte ich mich nett und warm mit der süßen Omi, die mit ihrem Gehkäfig zu einem kurzen Intermezzo auf´s Häusl strebte, und eine Riesenfreude daran hat, daß ich da bin.

Ich las der Omi zwei Geschichten vor:
Die erste handelte von einer Dame, die ihren Stiefvater leidenschaftlich liebte, und die andere von einer anderen Dame, die sich wiederum in einen Afrikaner verliebte. Doch dann ließ sie ihn ziehen, weil sie zu sehr auf ihre Eltern gehört hat, und am Lebensabend angelangt, waren die Eltern nun manchmal traurig, keine Enkel zu haben. Über den verflossenen Mohren sagte die Mutter tröstend: „Mit dem wärst du gewiss nicht glücklich geworden! Glaube mir, Kind!"
„Wahrscheinlich. Nicht halb so glücklich wie jetzt..." sagte die alternde Tochter dann müde...
Eine Geschichte, die doch sehr ans Herz griff.
Mit Hildes Geschichte jedoch lässt sie sich überhaupt nicht vergleichen – denn da war es eher so, daß sich die Hilde den nächsten Spielmann zum Manne nahm, um Buz zu vergessen – bloß, daß dies leider nicht geklappt hat, denn Buz kann man nicht vergessen.

Heute hat sich die Edith dazu überreden lassen, mit uns zu frühstücken, und ich beigte ihr auf Buzesart liebevoll Orangenschnitze auf den Teller.
Wir erfuhren, daß Omi Kionczyk mit mittlerweile 80 Jahren nun doch beginnt ein wenig alt zu werden, was sich darin niederschlägt, daß sie morgens länger schläft als sonst. Manchmal begegnen sich die Frauen im frühen Morgengrauen bei ihrem Gang

zum Häusl, und Mutti Kionczyk sagt: „Ich leg mich nochmal hin!"

Ich kann mir aber nicht vorstellen, daß sie es bei dieser schlichten Aussage belässt, weil ihr doch sicherlich gleich ein in seiner Banalität beklagenswerter Anekdotenwurmfortsatz ins Hirn tritt, den sich die vor Murmelig- und Müdigkeit zitternde Edith noch anhören muß?

Am Vormittag kam jene Dame, die ich schon kannte auf Besuch: Lore N. aus V., eine angenehm griffige Frau mit einem kleinen Oberlippenbärtchen, das sie jedoch durch ein besonders entzückendes Lächeln nahezu ungeschehen machen kann.

Beim gemeinsamen Teetrinken genoss ich es direkt ein wenig zu erzählen, daß mein Papa jetzt wieder solo sei.

„Ihm ist die Frau durchgebrannt!" sagte ich fast genußvoll, da die meisten Damen bei Geschichten dieser Art Ohren wie Grammophontrichter bekommen, und man sich als Verkünder derart pikanter Neuigkeiten direkt als Dirigent und Wortführer in einem kleinen Ensemble des Miteinanders fühlen darf.

Ich erfuhr, daß die Familie N. sechs Kinder habe: Die Pflegetochter Carola und fünf eigene. Die Aufzucht von der Carola jedoch sei anstrengender gewesen als jene der fünf eigenen Kinder zusammen! Inzwischen ist die Carola erwachsen und bereits geschieden, aber auch die leibliche Tochter Kersti

macht´s als Ehefrau wohl auch nicht mehr lang, da ihr Mann, ein Nichtsnutz, praktisch nichts verdient!
Die geschiedene Carola, die bei den Pflegeeltern unten im Hause wohnt, plant soeben eine Reise mit allem Pipapo, wie man so sagt, und scheint vergessen zu haben, daß sie ihren Pflegeeltern noch 6000 Mark schuldet!
Mutti N. lachte ungläubig darüber.

Ich las der Omi aus der Bild-Zeitung die traurige Geschichte von der 87-jährigen Rentnerin vor, die vor ihrem Haus in Gladbeck morgens um 7 Uhr von einem Rottweiler zerfleischt wurde – tot!
(Eine unfassbare Geschichte!)
Zum Mittagesse gab´s eine ganz schöne Gemüsesuppe mit Wursträdchen.
„Die würde auch dem Schröder schmecken!" rief ich angesichts der Salamiteile, die darin herumschwammen nett aus, und erzählte den Damen plastisch, daß dem Schröder seine geliebte Currywurst derzeit verboten sei. - Doch ansonsten fühlte ich mich wie jemand, dem man das Hütchen vom Ventil abgeschraubt hat, so daß die ganze Energie ungehindert entweichen kann, da mich das Gebbabl von Frau Kionczyk so müde gemacht hatte.
Dann wurde ich hernach aber wieder lustig, als ich der Omi erzählte, wie mein Pabba wohl spitzen würde, wenn ich nach Hause komme, und die Art von Frau Kionczyk adaptiert hätte? Beim Salatessen erzähle ich, wie meine Großmutter immer Zitrone an

den Salat getan hat, und dererlei völlig uninteressantes Zeug.
Hinzu hat Frau Kionczyk die Gewohnheit, die Worte einfach so ineinanderzuziehen, so daß ein Babblbandwurm ohne erkennbares Vorn und Hinten draus wird.
„Abbameinemuttrhatimmerzitroneaufdensalat"…so etwa hört es sich an.

Dann fuhr ich sehr zügig zum „Fitnesspoint".
Bloß war´s dort ganz schummrig und dunkel, und er öffnete erst um drei.
Später dann:
Außer mir turnte eine suppenhühnchenartige Variante von Ute M. gewissenhaft mit Plan, und zwei etwas aufgedunsene Jünglinge, die mich freundlich anlachten, weil ich vielleicht beim Radfahren mit meinen auf- und abwippenden Milchbunkern für unreife Jünglingssinne leicht erotisierend gewirkt haben mag?

Die Omi daheim war so süß. Sie hatte sich schon große Sorgen und viele Gedanken gemacht, was man bloß tun solle, wenn ich jetzt gar nicht wiederkehre?
Doch nun war ich ja wieder da, und wir begaben uns auf einen Spaziergang.
Der Kater Micki, den ich so gerne hab, ist leider ein wenig beleidigt mit mir, weil ich ihn gestern mindestens dreimal von Omis Rollator hinabge-

hoben hab. Katzen reagieren auf derart übergriffiges Verhalten oft pikiert.

Wir wackelten los, und ich erzählte der Omi plastisch vom Fitnesstudio und der Deutschen Meisterin im Bodybilding. Einer Dame, die man dort auf einem Poster bestaunen, und der man wohl kaum neckisch in den Po zwicken kann, wie einer normalen Frau – denn in diesem Falle würde man sich dabei die Finger brechen.

Wie fast alle Spaziergänge auf 49m-Basis (der Dr. Luthard mußte der Omi unlängst eine Bescheinigung ausstellen, daß sie nicht weiter als 50 Meter laufen kann) mündete auch dieser hier in einen „Treffpunkt Edith".

Die Edith stand wie alle Tage an ihrer Hecke und erzählte uns eine lustige Geschichte über einen Herrn, dessen Gebiss ins Plumsklo gefallen ist, und lachte so entzückend darüber. Man erheitert sich gemeinsam über eine Ärgerlichkeit, und befreit die Ärgerlichkeit damit von ihrer Erdschwere.

Wir liefen weiter, und die Omi erzählte von ihrer Herzneurose, an welcher sie als 28-jährige einst laboriert habe. Der Arzt gab ihr damals nur noch ein halbes Jahr.

Mir wurde langsam kalt, und vor unserem Hause schimmerte bereits die Putzfee Frau Reimich, von der ich immer gemeint hatte, sie hieße „Frau Reinlich".

Später fuhr ich die Frau Reimich nachhause. Sie wohnt in Hofgeismar in der Theodor-Heuss-Straße in einem hellgrauen Wohnblock, und dort sei nur der „alte Bock" daheim. Das ist ihr Mann „Andrej", der in Deutschland nicht glücklich geworden ist, und man kann sich ja denken, daß es kein Vergnügen ist, abends allein mit ihm in der Wohnung zu sitzen....

Abends rief Buz an, klang aber etwas müd und drög in jenem Sinne, daß ihm nichts zu reden einfiel, und daß in den wenigen Worten, die er machte, ein Auflegeschwung mitschwang.
Zum Schluß wurde mir dann aber doch noch kribbelig zumute, als die Omi so viel über die Bibel sprach: Wie der Moses klug gewesen sei, und wie er die Schwulen gesteinigt habe, weil sie schon damals Aids verbreitet haben, und wie toll die zehn Gebote seien.
Doch dann liebte ich die Oma bald wieder, weil sie mehrfach so rührend gesagt hat, wie´s ihr leid tät, mir so dummes Zeug erzählt zu haben.
„Macht nichts, Omi!" sagte ich nett.

Mittwoch, 8. März

Regnerisch und trübe

Die Omi meinte, es sei schade, daß ich an nichts glauben könne, doch ich glaube an ganz viel.
Dann sprachen wir davon, wie es wohl kommen wird, wenn die Omi dereinst mal gestorben ist, und ich breitete meine These aus, daß Petrus im Jenseits nur noch mit einem Doppelzimmer aufwarten kann:
„In diesem Sommer sind so viele Senioren gestorben, daß ich Ihnen nurmehr ein Doppelzimmer anbieten kann!" sagt er zur Omi. „Ich quartiere Sie bei der Frau Kionczyk ein…"
Dann sprachen wir über Halbmohren, da ja im Morgenmagazin auch einer mitmohrderiert (ein Scherz), und die Omi erzählte mir eine heitere kleine Anekdote: Wie eine Großmutter ihr halbmohriges Enkelkind in der Kinderkarre herumfährt, und allen zu verstehen gibt, was dies für ein Unglück sei!
„Ach, schad doch nichts! Das kriegt man auch noch satt", sagt beschwichtigend eine Dame.
„Nicht deswegen – aber wegen der Sprachbarriere!"
Da lachten wir Damen verbindend im Duett.
Dann sprach ich darüber, daß ich mir jetzt, wo ich ein Auto habe, doch ein neues Hobby zulegen könnte: Auf Beerdigungen zu fahren.
Ich setze mich Vorne hin, schniefe mit, und lass mich hernach zum Leichenschmaus mitschwemmen.

Wenn jemand frägt: "Darf man fragen, wie Sie zu der Verstorbenen standen?" dann sage ich:
"Gar nicht. Ich probe bloß für die Beerdigung meiner Oma vor!"
Die Omi erzählte mir, wie Buz & Rehlein damals, als sich der süße Ming ankündigte, mit der Gegenpartei in eine Krise hineingeschlittert sind, und Zuflucht bei Omi-Ella suchten.
Buz benahm sich damals frech und ungebührlich gegen seine alte Mutter, doch man weiß ja um Omis damalige Ausstrahlung, so daß mir Rehlein plötzlich im Nachhinein so leid tat.
Rehlein hatte die Wäsche ohne Klammern aufgehängt, und die Omi hat gleich ein Drama drumgemacht, weil bei ihr immer alles so laufen muß, wie es immer gelaufen ist.
„Sag deinem Mädchen, daß man die Wäsche im Winter bei Wind nicht ohne Klammern aufhängen kann!" sagte die Ella belehrend zu ihrem unreifen Sohn, doch Buz antwortete frech, *sie* dürfe sich ja ruhig Frostbeulen an die Finger hinfrieren, bloß sein kleines Schätzelchen dürfe das nicht.
Zuvor hatte die Omi mir noch geraten, daß ich unbedingt einen Mann mit Geld suchen solle, doch auch dieser Gedanke gefiel mir nicht, und ich erklärte der Omi, daß das nicht so gut sei, da es das „Fischers Fru-Syndrom" in der Frau wecken würde, wenn man zu viel Geld hat. Man wird immer unzufriedener – je mehr man hat.

„Die Schwarzwaldklinik" hab ich heut auch sehen dürfen, obwohl ich so rührend gesagt habe: „Ich habe gestern während dieser Zeit geübt, damit ich nicht in Versuchung gerate!"

Heute ging's um Schwester Christas saublöde Freundin Anna Marschner, die sich zunächst in die Tiefe stürzen wollte und schließlich vom Dr. Schübel „gerettet" wurde, indem er seine unwiderstehliche Sogwirkung auf Frauen spielen ließ.

Die Schwester Christa schnitt ein nachdenkliches, ernstes Gesicht und mahnte mit ihrer leider häßlichen Stimme zur Vernunft: Wo doch der Schübel verheiratet ist und zwei kleine Kinder hat... (wenn das kein prickelndes Filmsujet ist?!?)

Hernach hat mich die Omi aber leider wieder ganz schön eingezwackt – ich fühlte mich, als sei ich in eine Seniorenfalle geraten, und könne mich allein nicht mehr befreien:

Die Omi steigerte sich schon wieder in einen Rausch über die tollen Geschichten in der Bibel, und dabei staken mir Buzens öde, nicht endenwollende Bibellesungen vom Sommer noch fast schmerzhaft in den Knochen.

Die Omi erzählte mir von David und Saul, und ich strampelte innerlich wie ein Fröschlein, um mich aus meiner Gereiztheit zu befreien.

„Es gibt sogar ein Oratorium von Händel mit Namen „Saul"!" sagte ich mehr zu Modulierungszwecken, doch die Omi ging nicht groß auf meine

Worte ein und sagte nur: „„..pass mal auf!..." um weiter zu erzählen.

Dann kam auch schon Omi Kionczyk, und mir gelang´s mich zu meiner Geige zu stehlen, obwohl mir die Geigerei hier unter den Ohren der Schröderschen auch kein sonderliches Vergnügen ist. Doch beim Üben lass ich automatisch etwas Dampf gegen die Omi ab, und nehme mir fest vor, in der nächsten Übpause ganz besonders nett zu sein.

Und dann schenkte mir Frau Kionczyk einen selbstumhäkelten roten Kleiderbügel, und ich fand es so rührend! Besonders rührend fand ich´s, daß sie ihn mit ihren kranken, arthritisch verquollenen Fingern umhäkelt hat.

Eine kleine Freude am Tage ist immer jene, wenn plötzlich die beiden Zeitungen auf dem Sofa liegen, obwohl die HNA leider ein bißl langweilig ist.

Ich glaube, in meinem ganzen Leben hab ich noch nichts Packendes in dieser Zeitung gelesen.

In der BILD kam etwas über den plötzlichen Tod des Busenwunders*, und Frau Kionczyk konnte ihren Ekel gegenüber solchen Ludern, auch wenn sie hinüber sind, nicht verbergen, und sagte, sie spucke dreimal auf das Busenwunder!

*Einer jungen Dame, die sich die Brüste so aufpumpen ließ, daß davon das Herz abgequetscht wurde, und überraschend seinen Geist aufgab.

Das Mittagessen war köstlich: Ei mit Tomaten und Bratkartoffeln und zum Nachtisch gebratene Äpfel.

Die Omi erzählte plastisch, wie sie einst Taufpatin wurde, und man hat gemerkt, wie die Frau Kionczyk überhaupt nicht hingehört hat. Dann sagte sie einfach mitten in einem Satz: „Alsoichgehdannjetztmachensesgut!" (Gebabbelt, und zu einem einzigen langen Wort zusammengezogen.)
Am Nachmittag löffelten wir Karamelleis der Firma Cremissimo und schauten „Brisant":
Heut ging´s primär um die drei tiefgefrorenen Babys, die bei einer Familie in der Tiefkühltruhe gefunden wurden. Stoff für eine Moritat.
In Halle wiederum hat ein gestresstes Familienoberhaupt seine Frau und vier Kinder ermordet.
Positiv formuliert könnte man natürlich auch sagen: Fünf Menschen wurden erlöst.

Als Frau Kionczyk kam, entging ich dem Worthagel knapp, indem ich mich zum Üben retirierte. Die Luft schwirrte regelrecht von Frau Kionczyks Gebabbl, doch ihre Worte finden keinen Halt in meinem Gehirn, so daß ich dem Lesenden nichts darüber schreiben kann.

Donnerstag, 9. März

Regen. Allerdings sehr rasch vorbeiziehende Wolken,
so daß zuweilen die Sonne aufleuchtete

Ich saß mit meinem Buch am Fenster, um mir den platschenden Regen anzuschauen, und las von einer Dame, die so tat, als würde sie die Scheidung von ihrem Mann fabelhaft verkraften. Aber in Wirklichkeit war sie einsam, und hatte gar keine Lust auf Singlepartys und dererlei. So machte sie es sich zum Hobby, Schmähbriefe zu schreiben und die Leute zu beobachten.

Zum Frühstück sprachen wir von der ungeheuren Anstrengung, einen Brief aufzusetzen, den man ganz weit wegschicken möchte. (z.B. nach Kanada.)

Die Edith erzählte, daß sie manchmal Briefe aus Argentinien bekomme. Doch die würden sie so ärgern, daß sie sie gleich wegschmeißt. Eine entfernte Kusine schreibt in ihrer unleserlichen Schrift in rudi-mentärstem Deutsch, durchsetzt mit Unverständ-lichem auf Spanisch.

Die Omi wohnt nunmehr seit 21 Jahren hier, und als sie im Herbst 1978 her zog, da war der Thomas noch ein kleiner Pimpf, der eben erst in die Schule gekommen war.

Das weckte in der Edith als Mutti zärtliche Erinnerungen, und für einen kurzen Moment befand sie sich wieder im Jahre 1978, als man die Schultüte für den kleinen Thomas gefüllt hat. Ein süßes Kerlchen war er, und heute ist er bereits ein junger Autoschieber mit einem sich langsam lichtenden Haupt.

Ich erzählte von der Teestubendame in Aurich, die eines Tages ihr Talent zum Dichten entdeckte.
In die Speisekarte ließ sie einige Gedichte von sich abdrucken, und die Teestubenbesucher seien begeistert! Einige frugen bereits, ob sie die Gedichte abschreiben dürften?
Willst du vergessen deine Sorgen,
so besuche die Teestube schon am morgen..
(So ungefähr dichtet sie, stellenweise leicht holperig.)

Dann bin ich in die Grebensteiner Innenstadt gelaufen um Besorgungen zu tätigen, wie beispielsweise bei „Schlecker" für die Edith die Begräbnisfotos vom Heimgang einer lieben Tante (†) aus Österreich abzugeben.
Ich bemerkte, wie Ediths bedächtige Art, sich mit Banalitäten aufzuhalten, schon ein wenig auf mich abgefärbt hat...
Wieder daheim fischte ich einen als Rechnung getarnten Brief aus Omis Briefkasten, in welchem zu lesen stand, daß die Omi sage und schreibe 2000 gewonnen habe! Bloß stand nicht dahinter 2000 was, und ich schelmte gleich wissend los, daß die Butterfahrt nach Rom ginge, und dort gäb´s dann 2000 Lire bar auf die Hand.

Die listigen Veranstalter schrieben fettgedruckt: **„Jawohl! Sie lesen richtig!"** und händereibend mag der Tippende gedacht haben: „Da muß sich die Frau König doch erst einmal hinsetzen!" und die Omi im Rollstuhl hat lustig parodiert, wie sie völlig aus dem Häuschen ist.

Frau Kionczyk, die in der Küche soeben kleine Fleischbällchen für uns formte, hat auch so süß gelacht, daß ich sie richtig gemocht habe, und eine Weile lang gutmütig ihrem Gebabbl lauschte.

Ich stellte dabei fest, daß ein kleines Stichwort genügt, um das Gespräch mühelos in eine völlig neue Richtung zu pusten. Z.B. rief ich einmal mitten in die Babbelage hinein: „Hier steht zu lesen, daß das Busenwunder doch eines natürlichen Todes gestorben ist."

Am Nachmittag gab´s Tee und Karamelleis, und Pfarrer Fliege im TV unterhielt sich mit ein paar Damen über die Wechseljahre. Mir fiel gleich auf, wie leidenschaftlich gerne Frauen über die Wechseljahre quasseln, und wenn sie es mit einem interessierten Herrn dürfen, dann scheinen sie noch einen ganz besonderen Erlebniskick dabei zu haben.

Freitag, 10. März

Sonnig bis bewölkt.
Nur als es dunkel wurde, da regnete es

Ich erzählte der Omi, daß die alten Leute immer gar keine Wünsche mehr hätten. Wenn man z.B. die Edith oder Frau Kionczyk oder auch andere frägt, womit man ihnen eine Freude bereiten könne, dann bekommt man meist gar keine verwertbare Antwort, und wenn jemand mal die Omi fragen sollte, was sie sich wünscht, so solle sie mit der Hand ein ganz hohes Türmchen an Wünschen anzeigen, und dann ganz viele materielle Wünsche äußern, so wie eine Dreijährige.

Nach dem Frühstück schauten wir gebannt die Schwarzwaldklinik:
Die Schwester Christa frug ihre saublöde Freundin Anna Marschner vorsichtig, wie lange sie wohl zu bleiben gedächte („Wiesooo???")?, - und der Omi erzählte ich, daß mich der Dr. Schübel so an Buz erinnern würde.
„Er bricht die Herzen der stolzesten Frauen!" erklärte ich.
Bloß die Schwester Christa hält ihm stand, da sie eben als die Gute, Edle dargestellt werden soll, doch im wahren Leben würde sie ihm niemals standhalten, und Buzen schon gar nicht!

Ich las der Omi aus der HNA vor, wie Kanzler Kohl gesammelt hat, um seine Fehler wieder hinwegzubügeln. Symbolisch gesehen ließ er den Hut herumgehen, und viele Promis, wie beispielsweise Uschi Glas und Heiner Lauterbach stopften ihm, natürlich auch nur symbolisch gesehen, ein paar Scheine in den Arsch. Man macht es aus Freundlichkeit, denn von der Steuer absetzen kann man es nicht, und die, die gespendet haben, müssen nun den Gürtel enger schnallen.

Ich bescherzte die Omi, wie jetzt ganz viele Leute den Kohl bitten, noch ein wenig weiterzusammeln. Nämlich für sie, und wie sie vielleicht schreiben: „Liebes Herr Kohlchen! Sammelnse noch einige drei Tage weiter. Für mich!"

Vor dem Tor schoss gerade ein Fußball mit praller Gewalt gegen die Haustüre, und im Garten an der Schaukel lärmten und tobten ein paar Kinder.

Da war´s besonders traurig, zu sehen, wie alt die arme Omi in ihrem Gehkäfig ist.

Auf dem Spaziergang passierte ein Malheur:

Das Rad von Omis Rollator löste sich, und die Omi war verzweifelt. „Ach du lieber Gott!" rief sie ein ums andere Mal wie von Sinnen – Edith und ich griffen sie unter dem Arm – d.h. zunächst hatte ich vergebens versucht, das Rad wieder einzudrehen.

Dann erbot sich eine Dame mit Namen „Renate Wyss" die des Weges kam netterweise, die Omi mit dem Mercedes heimzuschoffieren. Das Wägelchen könne ihr Mann reparieren, sagte die hilfswütige Hessin.

Tatsächlich durfte man sich freuen, daß die zirka 64-jährige Renate W. nach einer Weile kam und das reparierte Wägelchen brachte. Man hätte meinen können, daß die Omi vielleicht ganz fromm sei, weil sie den lieben Gott so pries, und ihre Augen füllten sich beim Preisen sogar fast ein wenig mit Tränen.
Frau Reimich und Frau Kionczyk waren gekommen, und bald hörte man auch noch die quäkige und aufgebrachte Stimme von der Barbara, auf die man heut den ganzen Tag leicht bös war, weil sie nicht gekommen ist.
Jetzt hörte man, wie sie verbittert erzählte, daß sie sich heut den ganzen Tag nur abgehetzt habe. Allerdings habe sie dafür jetzt bis zum 16. März sturmfreie Bude, weil ihre Eltern auf Kur seien.

Später fuhr ich Frau Reimich nach Hause.
In der Theodor-Heuss-Straße hatte Frau Reimich ein wenig Angst, weil ihr der Mann von ihrer Arbeitskollegin Olga beständig auflauert. Man sah sein Auto, und Frau Reimich mußte geduckt durch die Garage huschen. Mit Schaudern mußten wir dran denken, wie es wohl gekommen wäre, wenn er ihr seinem Naturell gemäß am einsamen Bahnhof aufgelauert hätt.

Am Abend liebte ich die Omi unglaublich. Sie tat mir so leid, und ich war traurig, daß heut der letzte Abend ist.

Die Omi wurde fromm und erzählte, wie sie an Gott und seine helfenden Hände glaubt.

Samstag, 11. März
Grebenstein – Cremlingen – Hoheneggelsen

Meist sehr regnerisch

Wieder liebte ich die Omi unglaublich, da ja mein Abreisetag herrschte, und die Edith, die gekommen war, die liebte ich auch.

Während die Edith die Omi sattelte, packte ich meinen Koffer, tätigte die letzten Finessen auf dem Frühstückstisch und hörte mir das Geplausche von der Edith an.

Ich befrug die Edith nach ihrer Tagesplanung, die ja leider im Allgemeinen aus einer Anhäufung freudloser kleiner Tätigkeiten besteht.

Am allerungernsten bügelt die Edith, und ich spaßte, wie ich ihr zu ihrem 58. Geburtstag einen Gutschein für´s Bügeln von 58 Wäschestücken überreichen will.

Beim Frühstück erzählte uns die Edith, wie es gekommen sei, daß ihr Mann völlig taub ist. Schicksalsergeben erzählte sie uns, wie er eine

Mittelohrvereiterung bekam, und heute kann man mit ihm eigentlich nichts mehr anfangen. Er schläft lange, schaut fern, betrinkt sich, liest die Bild-Zeitung und damit hat sichs dann auch.

Ich geriet in Stimmung und erzählte denen eine Geschichte, die ich während des Erzählvorgangs frei erfand. Wie ich jetzt losfahre, und dann beim Fahren um die Ecke bemerke, wie sich mein Vorderrad löst. Aber selbst da würde ich nicht hysterisch werden, sagte ich, weil ich seit Mobbls Tod sehr gleichmütig geworden bin. Nichts ist mehr richtig wichtig.

Ich rufe den Pfarrer Rohlfs an, und schildere die Lage.

„Passense auf!" sagte Frau Rohlfs, „mein Mann holtse ab!"

Der Herr fährt auch gleich los, wenn er dann aber in Grebenstein ist, dann ist er total gestresst, und sagt nur hektisch:"Kommensekommensekommense…."

Ellas alter Vater, von Buzen so kunstvoll gezeichnet an der Wand hängend, ist irgendwie immer ein bißchen mit anwesend im Raume.

Der alte Vater schaut von der Wand auf seine welkende Tochter Ella herab.

Er schaut auf ihren gekrümmten Rücken drauf.

Dann fuhr ich ab. Vor einigen Tagen, als ich noch manchmal einen leichten Moribundenkoller hatte, hatte ich mir ausgemalt, was das für ein freudiger Moment würde, wenn mein Auto endlich losrollt. Doch jetzt war ich nur traurig.

Dann aber mußte ich über meine Neigung nachdenken, das Leben immer als schmerzlich zu betrachten, und beschloß, diese Neigung einfach abzulegen und mich zu freuen.

In Cremlingen:
Pfarrer Rohlfs kam die Treppen herab: Ein älterer, zirka 56-jähriger Herr, der ein wenig ausschaut wie eine Puppe, der man das Gesicht leicht eingedrückt hat.
„Willkommen" sagte er ohne Ausrufezeichen, und es klang eher so, als wolle man auf neutrale Weise seinen Namen nennen. Seine Persönlichkeit ließ sich leider nicht greifen – wie ein fleischgewordenes Möbelstück muß man sich ihn so etwa vorstellen.
Es war, als spräche der knarzende Schrank zu einem.
Sogar zum Kaffee lud er mich ein, und sprach hierzu wenig später in der Sitzecke etwas mechanisch über die Werke Bachs, über die er sich mit Hilfe eines Musiklexikons schlau gemacht habe.

Ich mit meinen Zahnschmerzen fühlte mich ein wenig „regennass", wenn der Leser versteht – in dem Sinne, daß man „es" (das Leben) ganz gern auch schon hinter sich hätte.
Ich mußte darüber nachdenken, daß ich in Ellas Alter dereinst für niemanden mehr wichtig oder interessant bin. Noch habe ich vielleicht ein paar Freunde, die bei meinem Ableben weinen würden, doch fände das unvermeidliche Ableben etwas später

statt, so wird sich wohl kaum noch jemand finden, der mehr als höfliche Betroffenheit empfindet!"
Dann spielte ich vor zirka 25 älteren Herrschaften, die netterweise gekommen waren, obwohl es heut sehr regnerisch war, und die meisten zumindest kurz erwogen hatten, daheim zu bleiben.

Sonntag, 12. März 2000
Hoheneggelsen - Aurich

Grau

Frühstück im Hotel.
In der Zeitung las ich über den Familienvater aus Sachsen, der seine ganze Familie mit der Axt erschlagen hat.
Aus Prinzip hatte er die Miete nie gezahlt, und am liebsten baute er Vogelhäuser. Seine Kinder mußten ganz oft hungern, nur Süßigkeiten kaufte er ihnen gerne, und zum Verteilen pfiff er sie immer mit seiner Trillerpfeife herbei. Er war verrückt.

Ich dachte darüber nach, daß ich auf schlechte Schauspieler, wie beispielsweise Evelyn Hamann, oder aber Oberschwester Hildegard aus der „Schwarzwaldklinik" viel empfindlicher reagiere als auf schlechte Interpreten. Wenn jemand schlecht

Geige oder Cembalo spielt, dann denke ich, er hätte vielleicht nicht genügend Zeit zu üben, oder vielleicht auch einen schlechten Lehrer gehabt? – Bloß schlechte Schauspielerei finde ich unentschuldbar!

Unterwegs besuchte ich einen Friedhof, wo man hätte sehen können, wie ich mit unglücklicher Miene die Grabreihen ablief. Ich sah unglücklich aus, weil mich die vielen erloschenen Lebenslichter unfroh gestimmt hatten, und außerdem mußte ich darüber nachdenken, wie Buz & Rehlein traurig wären, wenn sie von diesem befremdlichen Hobby wüßten: Mich auf Friedhöfen herumzutreiben und Verstorbene zu besuchen, statt mir endlich mal einen gescheiten Mann zu suchen!

Abends saßen Buz und ich im „Twardokus" und lasen Zeitung. Raffiniert hatten die „Ostfriesischen Nachrichten" zwei unabhängige Reportagen mit ihrer Überschrift so verquirlt, daß man sie auf den ersten Blick auch ganz anders auslegen konnte:
Kirchenbrand in Halle und
Pastor: „Ja, ich war's!" ← aber letzteres war ja nur, daß ein verklemmter Pastor in Hage, der eine natürliche Scheu vor erwachsenen Frauen hatte, eine 14-jährige vernascht hat. Doch vielleicht war das auch gar nicht er, sondern nur der Pavian in ihm?

Daheim zeigte mir Buz stolz und freudig seine Aufsätze über die Kunst des Fingeraufklappens.
Langsam fühlt es sich wirklich seltsam an, daß Rehlein nicht mehr da ist.

Montag, 13. März

Trüb und herb

Mein heutiger Traum wurde von dem unangenehmen Vorgefühl durchbebt *daß die Kinder der Schröders in Grebenstein sich einen dummen Scherz zu erlauben planten: Mit dem Gartenschlauch durchs geöffnete Fenster zu spritzen, so daß die Omi im Rollstuhl patschnaß würde.*
Niemand würde sie mit ihrem dünnen Stimmchen rufen hören. Dies stimmte mich so traurig, daß ich mit tränennassen Augen erwachte.
Dann träumte ich weiter:
Eines Tages kam uns die hübsche Nicole besuchen.
Weil Ming selber sich nicht getraut hat zu fragen, frug ich sie in Mings Beisein, was der Professor wohl zu Mings CD sagt?
Die Nicole antwortete sachlich, er habe gesagt, daß viele Pianisten es wohl für nötig hielten, das Werk von Balakirew zu spielen, obwohl sie es doch gar nicht verstehn!
"Höhö!" machte Ming ironisierend über die ach so klugen Worte des Professors, während er mit spitz angewinkelten Knien so dasaß und las.

Später verkrachte ich mich mit der Nicole ganz arg, so daß sie beim Abschied nur schnippisch „tschüss!" sagte, und auf das obligate Bussi auf noch schnippischere Weise verzichtete.
(Ich war ganz wild und häßlich geworden, kann mich aber an Details nicht mehr erinnern.)
Jedenfalls nahm ich mir sogar vor, die Nicole anzurufen und um Verzeihung zu bitten.

Ich wollte immer, daß Buz zugibt, daß es so toll sei, daß ich die C-Dur Fuge so rasend schnell spiele!
Und Omi Mobbl summte sie mir so begabt, und hinzu noch in Doppelgriffen vor!
Zuvor war noch die Rede drauf geschwenkt worden, daß Buz in dem fiktiven Plan, den ich ihm für das ganze Jahr angefertigt hatte, damit er immer Konzertierpraxis habe, heute einen Violinabend zu geben hätte.
„Mit Wolfgang Bloser am Klavier!" sagte ich feierlich, und alle lachten.
Der Wecker schrillt dann allerdings, als *Mobbl* gerad die *Fuge* sang.

Zum Frühstück schauten wir uns einen Film über Lorin Maazel an, der wie selbstverständlich alle Sprachen spricht, und – als sei's der Löblichkeiten nicht genug, bei der Probenarbeit mit einer Sängerin die hinzugehörigen Tenorarien auswendig und makellos sang. Und dennoch findet Buz, daß solche Leute in einem Wolkenkuckucksheim leben!

Eine ähnlich unverständliche Bemerkung, wie Buz sie sich auch über Hildes Mohren erlaubt hat, den er wiederum für einen simplen Buschmenschen hält.
Eine Bemerkung, die wie in einem schlechten Roman Kopfschütteln auslöst.

Auf der Leerer Landstraße hat man leider mit ansehen müssen oder können, wie ein Auto ein anderes am Po geküsst hat, und die Beteiligten standen alle ganz ratlos auf der Straße.

Dienstag, 14. März

Meist regnend.
Nachmittags kurz schön, dann wieder kalt, windig und friesisch herb

Buz las mir über Karlheinz Stockhausen vor, der den gigantischsten musikalischen Epos aller Zeiten verfasst habe: Allein sein „Donnerstag aus Licht" umfasst zwölf CDs, und bis zum Jahre 2005 will der Musikmessias sämtliche Wochentage die der Schöpfung zugrundelagen musikalisch durchgehechelt haben.

Buz hatte Prospekte über Griechenland mitgebracht, weil er mit Rehlein nach Kreta reisen will, obwohl es doch auch so viele andere Inseln gibt. Doch Kreta ist Buz eben schon gewohnt. Jetzt hätte Buz mir so gerne gezeigt, wie schön es in Kreta sei, doch in dem Prospekt waren leider nur die vereinzelten Hotels mit ihren Schwimmingpools abgebildet.

Bahnhof Leer:
Als ich auf dem Bahnsteig 14/4 stand, bildete ich mir ein, Mings Aura bereits im Anmarsch zu spüren. Doch dann wurden meine Einbildungen auch wieder trüber, und ich bildete mir ein, daß man sich an ihn erst wieder gewöhnen müsse.
Doch Ming in einem Pulk an Ankömmlingen war sehr nett, und hatte auf der Reise gar einen sympathischen Herrn kennengelernt, der in Amerika lebt.
„So was Nettes!" sagte der Herr beim Abschied fast zärtlich über Ming, da Ming, sofern er auf der A-Seite blüht, wirklich einzigartig nett ist.

Im Auto:
Ming erzählte mir Folgendes:
Gestern habe der Franz sein Abschiedskonzert in Wien gegeben, und die ganze Familie Kircher war zu diesem feierlichen Event angereist. Über seine Exe, „die Dame Gerswind" lachte Ming ein wenig fassungslos: Sie sei so sprööööd geworden!
Und diese Dame habe er einst geliebt. Nicht auszudenken, wenn das heute seine Ehefrau wäre!

schickte Ming einer nochmals glücklich abgewendeten Schicksalsfessel drei Kreuze hinterher.

Der Franz hatte leider immer so viel Streß mit den Kirchers, und der Fritzi als Primarius im Streichquartett habe sich mit der Zeit, nachdem die Demut so allmählich aus der Bekanntschaft entwichen war, so schlimm benommen, daß der Franz ihn ab jetzt nur noch siezen will!

Dadurch, daß im Ensemble immer so häßliche, zwischenmenschliche Spannungen herrschten, kam der Franz ganz oft deprimiert und mit Magenschmerzen nach Hause!

In wenigen Tagen wird die Daaje 6 Jahre alt, und damit auch das Orakel fällig: *Daß die neue, langhaarige Wiener Freundin vom Fritzi beim „Cigarettchen danach" ausruft: „Geh, ned scho wieder die Glaane!" da <u>schon wieder</u> Papa-Wochenende herrscht!*

Abends saß ich etwa 6-7 Minuten mit Buzen und dem sympathischen Klampfenspieler Hans Kumpfert im „Romantico". Wir sprachen über Buzens Verbeulung an der Schläfe, und im Grunde ärgert´s mich, warum unser Papa da eine verunzierende Verbeulung haben muß?

Dann ging ich wieder, und klopfte von Außen noch mal nett ans Fenster. Doch der, dem diese freundliche Beklopfung gegolten hat – Buz selber – schaute gar nicht her, und ich gab mich Fantasien hin, *daß das das letzte Lebenszeichen von mir gewesen sei, indem ich mich jetzt in der Nacht wie eine Wolke auflöse. Niemand wird jemals wieder etwas von mir hören oder sehen.*

Mittwoch, 15. März

Wolkig, stürmisch und nieselig

Im Traume hatte ich vergessen, meine Kaffeetasse in die Caféteria zurückzubringen.
Als Pförtner saß überraschenderweise Helmut Kohl in der Pförtnerloge und erzählte mir, daß man erwogen habe, einen neuen Paragraphen zu schaffen, mit dem sog. „Bagatell"-delikten, wie beispielsweise dem „Vergessen" die Tasse zurückzutragen, ab sofort sehr viel strenger zu Leibe gerückt würde.
„Das macht man einmal und nie wieder!" sagte er, und wedelte zu diesen Worten mahnend mit seinem fleischigen Zeigefinger.

Buz hat derzeit einen Verehrer: Christoph Göhler, der ihm bereits zwei Brieflein geschrieben hat.
So hat´s ja mit dem Böhmert und seiner tiefen fast obsessiven Verehrung für den Opa seinerzeit auch angefangen, und vor einiger Zeit hat uns Christoph Göhler auch noch einen bunten Blumenstrauß gebracht. Wahrscheinlich möchte er sich mit Buzen tiefer befreunden, weil Buz so süß ausschaut.
Er wünschte, er wäre Buz.
Und mit jemandem befreundet zu sein, von dem man wünscht er wäre er, hat doch einen besonderen Reiz, wie man zugeben muß.

Wir erfuhren, daß Christoph Göhler Gärtner von Beruf sei, und ich schwenkte die Rede auf Herrn Meyer und erzählte, wie er immer alles verwechselt: Bittet Rehlein ihn beispielsweise die Haselsträucher zu schneiden, und nur das eine geheimnissvolle japanische Sträuchlein zu verschonen, so schneidet der nordisch torfige Herr Meyer am Ende <u>nur</u> das japanisch geheimnissvolle Sträuchlein weg.

An manchen Tagen geht er in die Fußgängerzone, stellt sich auf ein Podest und sagt rednerisch: „Ich wurde 1930 als Sohn rechtschaffener, reeedlicher ostfriesischer Eltern geboren, und ich schäme mich dessen NICHT!" und es brandet Beifall auf, da die Ostfriesenwitze, die beständig in aller Welt gerissen und dröhnend belacht werden, letztendlich ja wirklich „starker Tobak" sind und verboten werden sollten...da lachten wir alle drei laut und lang.

Als Buz sich allein wähnte, babbelte er ganz laut unter der Dusche. Er klang wie jemand, der ein Telefonat probt, das er gleich zu halten gedenkt.

Donnerstag, 16. März

Buz fand das Wetter eklig

Wir sprachen über das Bodybildungszentrum und amüsierten uns über jene Typen, die nur dort hingehen um sich Muckis aufzubauen. Meist sind´s junge Herren, denen die Freundin durchgegangen ist. Sie türmen neue Muskeln auf, und hoffen auf diese Weise, die Abtrünnige zurückzuerobern.

Ming meinte, Buz dürfe es mit der Feilerei an seinem Buch nicht zu wild treiben. Ihm seien die Schriften zu kompliziert und technisch – gestern habe er darin gelesen, - und zwischen Vater & Sohn entspann sich eine wilde Diskussion. Buz verteidigte sich mit Händen und Füßen: Daß *sein* Weg der unbedingt Richtige sei. Ming kam mir dabei so klug, und Buz so unreif vor, und ich hätte es nicht so gern gesehen, wenn die Herren vielleicht noch heftiger geworden wären.

Heute erfuhr ich, daß die Ehe von unserem Lieblingsvetter Friedel mißerabel sei, und die Leslie vielleicht einen Freund habe?
Ming kann sich nicht vorstellen, wie die Gerswind im Bett wild und leidenschaftlich sein soll. Er kann sich nur vorstellen, wie sie gähnt und sagt: „Bn müüüde!"

Freitag, 17. März

Weißgrau

Beim Frühstück erzählte Ming hochinteressant wie es sich der Onkel Rainer zur Spargewohnheit gemacht habe, alle zwei Jahre bei seinem Bruder Dölein einen Sparurlaub abzuhalten.
Onkel Dölein störte sich empfindsam daran, daß der Rainer nur anrufe, um etwas geldliches abzuwickeln. Z.B. wenn er sagt: „Ich habe – glaub ich – bei Euch noch 100$ neben der Badewanne liegenlassen. Könntest du die mir bitte auf folgendes Konto überweisen…"

Ming zapfte E-Mails und meinte bedauernd, daß es mit Friedels Ehe leider nicht so gut aussähe.
Hoch interessant psychologisierte der kluge Ming über das Wesen der Ehe:
Wenn die Leslie sauertöpfisch gestimmt ist, - und dies sei sie ehefrauengemäß eigentlich so mehr oder minder immer - dann denkt der Friedel: „Ich halt mich da raus!" und geht nicht groß darauf ein.
Im Moment machen die beiden eine Ehetherapie, „benützen allerdings getrennte Schlafzimmer" …←wie der Friedel wörtlich schrieb.
Ich mußte darüber nachdenken, daß es doch in jungen Ehen im Grunde üblich ist, daß mit den Türen geknallt wird, oder die Frau wegrennt, und

den Mann mit dumpfen und beschämenden Gefühlen solcherart zurücklässt, daß sie vielleicht nie wiederkommt?

Beim Kochen wurde ich von Reue gepackt, weil es mir mit meinem Vormieter Gunnar so ging, wie Mobbln einst mit der Uroma:
Immer öfter denke ich, daß ich ihm Unrecht getan habe, weil ich manchmal hohnvoll jene Anekdote erzählt hab, wie er, der einst im Orchesterbeirat der Hochschule saß, bei der Programmplanung für das kommende Semester über eine geplante Bruckner-Symphnie gesagt hat: „…ausgerechnet „die Vierte", (leichtes Snob-Smilie) das muß doch nicht unbedingt sein!" – so nach dem Motto, daß sich der Gunnar vielleicht über einen Bruckner erhebt? – Doch der Gunnar hat´s doch nur derothalben gesagt, weil sonst die anderen Symphonien von Bruckner, die doch gewiss ebenso genial sind, nie zum Zuge kämen!
Dies erzählte ich beim Mittagessen laut und einsichtsvoll, auch wenn vielleicht niemand hinhörte.

Samstag, 18. März

Weißlich – hi und da Regenbänke

Morgens klingelte es an der Türe:
Der Nick kam mit der kleinen Marfa zu Besuch, und die kleine Marfa hörte man schon an der Türe fröhlich lachen. Das Gespann Vater/Tochter scheint allmählich in Mode zu kommen, denn wir kennen ja inzwischen Exemplare aus drei verschiedenen Generationen: Rehlein und Opa, Buz und mich, und nun Nick und Marfa, und irgendwie könnte man meinen, die Marfa habe überhaupt keine Mutter, denn man sieht die nie. Von Mutti Heike heißt´s nämlich seit vielen, vielen, vielen Jahren sie studiere Eurythmie in Dornach in der Schweiz!
Der Nick wollte mit seiner Schwiegermutter und einer anderen alten Dame einen Ausflug nach Holland machen, und die Marfa blieb den ganzen Tag bei uns.
„Ich will nicht zu den alten Tanten!" sagte sie so süß.
Ich freute mich so sehr über die Marfa, da man von Kindern so viel lernen kann:
z.B. nicht immer nur verbissen das Gleiche zu tun, das ohnehin keinen Spaß macht – wie es nun mal Erwachsenenart ist?
Mir persönlich widerstrebt jene Art, in der viele Erwachsene auf so eine künstliche Art „kindgerecht" erscheinen wollen, und so frug ich die Marfa locker

auf Augenhöhe, wie´s wohl so sei bei den alten Schachteln?

Die Marfa verstand es aber miß, und erzählte mir etwas über die Altpapierabladungsgepflogenheiten in der Schweiz, und dann lachte sie so entzückend, als der kleine Irrtum aufgeklärt wurde. Dann erzählte sie mir, wie die Frau Brinkhaus – jene zweite alte Schachtel, die heut mit nach Holland gefahren ist - nachts im Traum geredet habe: „Der Herr König soll mich doch auch mal im Musikalischen Sommer auftreten lassen! Ich kann doch auch was!"

Buz amüsierte sich köstlich über seine eigene Bildergeschichte, die er vor einigen Jahren über Herrn Bloser angefertigt hat, und in welcher sich Herr Bloser jeweils den 4. Finger abgesägt hat.
Dies, da nämlich Herr Bloser die Neigung hatte, den vierten Finger bei seinen Fingersatzaustüfteleien immer auszusparen, da er ihm zu schwächlich schien.
Unter die Bilder hatte Buz etwas Lustiges über Herrn Blosers Vierfingerübung hinzugeschrieben, und ich fand es so interessant, daß alles was man künstlerisch schafft, gleich autobiographisch durchtränkt ist, denn wie sollte man die Übung nennen, die Buz ständig mit vier Fingern auf der Violine tätigt?

Die Rohlfs aus Cremlingen hatten mir eine sehr nette Karte geschickt, und ich wunderte mich über die große Herzlichkeit darin, da mir die Eheleute währenddessen doch wirklich etwas steif erschienen waren, so daß die niedergeschriebenen Worte gar nicht so recht zu ihnen passen wollten.

Mittags kochten wir extra für die süße kleine Marfa, die nun uns zu gehören schien, ein kinderfreundliches Gericht: Lustig verzwirbelte Nudeln in dreierlei Farben mit einer ebenfalls farbenfrohen Tomatensoße.

Buz erzählte, wie ihn der Ramon mit seinem Fax in Verlegenheit gebracht habe, weil er lauter Werke seines Vaters mit Titeln wie „Holocaust" und „Shoah" vorgeschlagen habe. Lehnt man sie ab, so gilt man als Antisemit, und viele unter uns wollen bis zum jüngsten Gericht darauf herumreiten.

Wir machten einen Ausflug mit den Heinrichs:
Der Jörg erzählte mir, wie er seine Mutti so gerne gefragt hätte, ob er sie einfach „Ingrid" nennen dürfe, weil „Omi" irgendwie so blöd klänge?! Die „Mutti" sei doch jetzt die Christiane! Er hat es dann aber doch nicht über's Herz gebracht, weil seine sensible Mutter (sensibel für die eigenen Bedürfnisse, so Jörg), es womöglich als Gefühlskälte aufgefasst hätte?

Abends hatte mir die Marfa über ein Geheimnis noch gesagt, wenn ich es höre, dann würde ich vielleicht eifersüchtig? Und so könne sie es mir leider nur ganz leise ins Ohr hineinsprechen: Es war, daß sie Ming noch lieber findet als mich, aber mich findet sie auch lieb.

Und schon versickerte der Tag wie das restliche Wasser im Kaffeefilter.

Abends schauten Buz und ich eine Videokassette, auf welcher Jascha Heifetz im Jahre 1962 einer Dame eine Lektion auf der Violine erteilte: Damals war der Heifetz genauso alt, wie sein großer Bewunderer Buz es heute ist. Nämlich 61.
Nun unterrichtete er eine hochaufgeschossene Dame mit 60er Jahre Frisur und großen Nüstern. Ich fand´s faszinierend, daß man eine Frau, die heute sicherlich uralt ist (wenn überhaupt noch), einfach so beim Geigen sieht.
Den Unterricht jedoch fand ich langweilig.

Sonntag, 19. März

Zart sonnig und schön

Ming erzählte, daß er dem Fritzi klipp und klar gesagt habe, daß er ihm nie wieder etwas ausborgt, und da mußte der Fritzi seine Taktik Ming gegenüber ändern, um sich Ming als Freund zu erhalten, und seither frißt er Ming aus der Hand!

Wir schauten einen amerikanischen Film aus dem Jahre 1957: „Das Mädchen mit den schwarzen Strümpfen" über eine unheimliche Mordserie in Utah/USA, und ich wunderte mich, daß mir so etwas gefällt? Früher, so erzählte ich, habe mir so etwas ganz und gar nicht gefallen, und ich konnte die Zeitungsartikel manchmal gar nicht zuende lesen, weil sich mir der Magen umdrehte – doch dann gefiel´s mir plötzlich.
Aber wahrscheinlich gefällt es mir nur, weil ich den Schmerz nicht so an mich heranlasse, sagte ich entwaffnend. Oder aber man verroht mit den Jahren, ohne es zu merken?
Was aber, wenn ich dem Psychiater erzähle, daß mir das plötzlich gefällt? Er sagt: „Was sind Sie bloß für eine widerwärtige, perverse Persönlichkeit? Da kann ich eigentlich nur vor Ihnen ausspucken und dreimal laut „Pfui" rufen!"
Nicht daß es mir im positiven Sinne gefällt. Es gefällt mir im negativen Sinne.

Ming redete so klug, daß ich ihn bat mir 40 Tonbänder zu besprechen, damit ich die von früh bis spät abhören könne.

Leider hat mir Ming erzählt, daß sich die Linda in ihren Vorgesetzten verliebt habe.

Ich bin nicht glücklich darüber, da die Linda die einzige Frau ist, die ich an Mings Seite dulden könnte.

Im Holländischen nennt man alles was gefällt „lecker". Sogar „lecker Wetter" sagt man, wenn die Wetterlage denn man gefällt. In der Musik sagt man hierzulande „ein musikalischer Leckerbissen".
Doch leider passt das Wörtchen „Bissen", nicht zu dieser verbreiteten Redewendung.
Dann sprachen wir noch darüber, daß der Opa keine Männer mag, und die Mobbi keine Frauen mochte, denn dem Besuch bei Frau Basse sah ich mit gemischten Gefühlen entgegen, weil sie damals auf dem Jahrmarktsbudenstand keinen so tollen Eindruck auf mich gemacht hat. Ming sagte zwar, daß Frau Basse eine fantastische Wellenlänge zu ihm habe, doch irgendwie bilde ich mir ein, daß sie keine Frauen mag, und vielleicht beständig zum Tone sagt: „Ach Tone, spielen Sie uns doch noch den türkischen Marsch!"

Montag, 20. März

Weißwölkig

Beim Frühstück erzählte Ming, wie er heut ganz ungut geschlafen habe (der Vollmond). Um drei Uhr nachts war er noch immer wach, und seine Gedanken kreisten unentwegt um die Linda, von der es heißt, sie habe einen neuen, über 40-jährigen Galan am Bändel! Jetzt steht man nicht dabei, und könnt nicht einmal sagen, ob´s mit der Linda als anderweitig Verliebter vielleicht ganz doof geworden ist, so wie einst mit der hübschen Nicole?
Dann hörten wir uns das Ravel-Trio an, und der Pianist hieß, oder heißt „Hauber", so wie jener Mensch in Beätchens Schüttelreim

„Hubschrauber"
schrub Hauber

(schrieb, schrub, schrob – und der „Hauber" ist der Nachbar von der Kika", sagte das Beätchen damals erklärend.)

Um neun Uhr kam unser Freund Christoph-Otto Beyer zu Besuch, und brachte einen ganzen Stapel Noten unbekannter Komponisten mit, die er mit Ming auf eventuelle verborgene Genialitessen zu durchforsten gedachte.

Ich stand mit hohem Muskeltonus wie eine vor Vergnügen zu bersten drohende 2-jährige neben Mings Flügel, und wandte den Blick erzählend zurück:
Wie es nämlich früher war mit der Fernseherei:
Es gab bloß zwei Programme, und wenn man ein Bild haben wollte, dann mußte man beständig mit der Antenne in der Luft herumrühren, und bei der geringsten Erschütterung war's gleich wieder weg. Oder aber, der Opa mußte an einer bestimmten Stelle stehenbleiben, und dann ging's. „Halt! Beweg dich nicht mehr!" so hieß es, und der Opa erstarrte zur Salzsäule, und war gezwungen, in dieser Position zu verharren.
Und dennoch dachte die Uroma damals: „Moderner geht's doch nun wirklich nicht mehr!"

Mittags wollte ich Buz beim Turnen zusehen, obwohl's natürlich leicht peinlich war, als Frau bei den Herren aufzukreutzen.
Das Schild „Wir müssen draussen warten!" bezog ich kurz auf uns Frauen, bevor ich gemerkt hab, daß ein Hündlein damit gemeint war.
Beinah hätte ich Buzen übersehen. Er lag fast mimikry am Boden und absolvierte seine Bauchdeckengymnastik.

Am Abend kam Herr Schüt zu Besuch, um uns persönlich für die schöne Musik beim Begräbnis seiner lieben Frau Grete zu danken, die mit noch

nicht einmal 78 Jahren viel zu früh heimgeholt worden war.
Herr Schüt selber ist schon 83 Jahre alt, und doch noch top in Form.

Dienstag, 21. März

Hell, fast sonnig.
Nur am Nachmittag fügte sich wieder ein Wolkengebräu zusammen

Mittags waren wir bei Heinrichs geladen.
Am Beginn des Sanddornweges stand bereits der kleine Martin, der ausgesandt worden war zu schauen, wo die Gäste wohl blieben? Man vergisst manchmal kurzfristig, daß der kleine Martin noch so klein ist, und nur Blödsinn im Kopf hat, doch dann wird man auch schon gleich daran erinnert, weil er nämlich Steine auf das benachbarte Garagentor schmiss! Ein Blödsinn, den Einzubedenken man bei der Familienplanung überhaupt nicht bedacht hatte.

Ming war bereits dort, und spielte Klavier. Auf einer gerahmten Photographie auf dem Klavier sah man Omi Ingrid, die welk und vertrocknet, bar jeglichen Reizes, einfach so auf dem Foto saß. (D.h. <u>sitzt</u>

natürlich, denn wenn man einmal auf einem Foto sitzt, dann sitzt man immer drauf.)

Wir setzten uns zu einem schönen Mittagessen nieder: Einer bunten Gemüsepfanne wie von Gauguin gemalt, die wirklich sehr gut schmeckte. Ich nehme jedes Wort zurück, das ich jemals über Christianes „Kochkünste" niedergeschrieben habe.
Die kleine Susanne hat immer so einen knatschig-nöligen Tonfall drauf, daß man sie nicht so ganz gerne haben kann, und einmal schrie der Martin wie von Sinnen, weil er sich die Nase angehauen hatte.

Ich fabulierte von meinem neuen Hobby, das ich mir von Kanzler Kohl abgekupfert habe: Spenden einsammeln. Ich bastele mir Papiere mit Aufschriften wie „Kinder in Not" und „Bibeln für die Ukraine", und ziehe damit von Haus zu Haus.

Seitdem ich mich zurückbesinnen kann, werde ich vom Gefühl verfolgt, daß endlich etwas geschehen müsse.

Mittwoch, 22. März

Sonnig und warm

Ich psychologisierte über den Prof. Brinkmann aus der „Schwarzwaldklinik", der nicht zuletzt deswegen so fantastisch ist, weil seine verschiedenen Wellenlängen zu den diversen Mitspielern immer spürbar sind – während Evelyn Hamann beispielsweise nur im luftleeren Raum agiert, im Grunde nur sich selber darstellt, und überhaupt keinen Bezug zu den anderen aufgebaut hat, und somit als Künstlerin für mich nicht ernst zu nehmen ist. - So professionell sie sich auch stets vorzubereiten pflegt.
Doch der grandiose Burgschauspieler Wussow, der „dank" seiner Rolle als Prof. Brinkmann für das Burgtheater nun leider gestorben ist, hat tatsächlich immer die Ausstrahlung, als würde der Chef aufblitzen.

Donnerstag, 23. März

Diesig halbbewölktes Sonnenwetter

Über eine Paartherapie denkt Buz:
„Das sind einzig und allein die Probleme meiner Frau!"

Ich saß oben in Mings Zimmer und dichtete.
Es hieß, gleich käme Herr Backe, mit dem wir am Abend in Mittegroßefehn einen Heben gehen wollten!
Ich als Dichtende wurde von Ming bei diesem weltfremden Treiben erwischt.
„Da unten sitzen so nette Gäste!" sagte Ming fast vorwurfsvoll, als er mich so sitzen sah.
„Ja, ich geh ja bald zum Psychiater!" sagte ich, und fand die Idee lustig, daß man dies ja jetzt praktisch bei jeder Gelegenheit sagen könne.

Dann fuhren Ming & ich mit Herrn Backe nach Mittegroßefehn. Wir sprachen darüber, daß man Anhalterinnen eigentlich aus Prinzip mitnehmen sollte, da sie sonst vielleicht ermordet würden.

Beim gemütlichen Abendessen mit Buz, Ming & Herrn Backe in einem feinen Lokal in Mittegroßefehn:
Ich erzählte, daß ich Patentante geworden bin.
Und dies bei meinem doch eher dürftigen Frömmigkeitsspegel, - und wie es Utes Mutti vielleicht nicht so ganz recht ist, was ihre Enkelin wohl für eine Patentante hat?
„Sind Sie getauft?" habe sie mich betont beiläufig gefragt – ähnelnd Mobbln, wenn sie betont beiläufig frug: „Kommt die Gerswind?" und dann erzählte ich noch, wie Utes Mutti denkt: „Naja, meine Tochter ist alt genug. Sie muß wissen, was sie tut."

Zum Schluß frug ich, ob eine Exfrau ihrem Exmann wohl eine Empfehlung schreiben würde, damit er bald eine Neue findet?

Auf der Heimfahrt war ich traurig, weil Ming davon sprach, daß er in Amerika leben wolle. Ich fühlte die Einsamkeit der Nacht, und ein Leben ohne Ming wäre mir sinnlos.

Freitag, 24. März

Den ganzen Tag trüb, grau und verquollen.
Abends hörte man es laut regnen

Ming büffelte zu früher Morgenstund bereits Englisch, da es ihm mit Amerika so ernst ist.
Darüber hinaus geht Ming neuerdings jeden Morgen zu Kantor Schmidt, um sich in die Geheimnisse von Kontrapunkt und Harmonielehre einweisen zu lassen, und ist ganz begeistert, da der positive und lebensbejahende Ming an jedem Menschen einen Genuß hat.
Bloß, wenn er den Kantor früge, wie das Zusammenspiel mit mir wohl gewesen sei, dann würde der womöglich antworten: „Kann ich sou aus der Erinnerung heraus gar nicht saaagn. Ich spiele ja sehr oft mit Geigern auf Beerdingungen, und da

waren auch schon houchkaräitige Leute aus Bremen und Oldenburg mit bei."

Herr Schüt stellt für den musikalischen Sommer zwei Zimmer zur Verfügung. Allerdings möchte er als frischgebackener Witwer verständlicherweise kein Pärchen, weil ihm sein verlorenes Glück sonst so deutlich und schmerzlich vor Augen stünd´.

Ich dachte darüber nach, wie man als Fitnessklubsmitglied im Grunde in der Falle sitzt. Dadurch, daß man so viel gezahlt hat, daß es einen ganzen Monat lang beim Einkaufen an allen Ecken und Enden zwickt, ist man gezwungen, täglich hinzugehen, und die Muskelmassen, die man sich auftürmt, gerinnen gleich wieder erbarmungslos zu Fett, wenn man damit aufhört!

Ming war auf die Idee gekommen, etwas mit der Luisa zu unternehmen: z.B. ins Teehuus zu gehen, und ich machte ihm sogar den Vorschlag, daß ich mitkomme, damit die Luisa diesem Treffen unbefangener entgegensehen könne.
Doch gleich zu Beginn der Sitzung rufe ich plötzlich entsetzt: „Ist heut Freitag??? – Verdammt noch mal!!!" und stürme ohne weitere Erklärung hektisch hinweg.
Als ich die lustige Geschichte Buzen erzählte, ist der Einkanalige allerdings einfach hinweggelaufen.

Ich blätterte im „Nordlicht", - einem kostenlosen Journal für die Einwohner von Aurich:
Für nur 150 Mark kann man sich ein älteres Pony kaufen, und bei sich im Garten aufstellen. Täten wir´s, so täten wir endlich mal was anderes.
Ich stellte mir vor, daß Rehlein ja eigentlich auch im „Nordlicht" inserieren könnte: Alter Opa, 90, mit üppiger Rente, gegen geringes Entgelt abzugeben.

Ich erfuhr, daß der mir unbekannte Dentist Dr. Jürgen Hamann meiner lieben Freundin, Frau Kamp, einer Dame Anfang 70, sieben Zähne aus dem Oberkiefer gezogen hatte. Dummerweise waren es die letzten sieben, so daß Frau Kamp jetzt eine Saugprothese tragen muß.
Herr Hirthe, der Hauszahnarzt, der zu jener Zeit in der Karibik urlaubte, habe nach seiner Rückkehr die Hände über dem Kopf zusammengeschlagen, als er von diesem Desaster hörte!

Mir fiel ein Schüttling ein:
Übernachten Sie doch auf unserem Nutzbett,
sagte der hilfsbereite Buz nett.

Traurig:
Die Linda schreibt nur noch selten, und in ihrer vorletzten Mail war sogar die Rede davon, daß man nun auf die Distanz so viele unterschiedliche neue Interessen entwickelt habe: Ming beispielsweise seine Muskeln und den neuen Flügel.

Doch die Muskeln trainiert sich der sss´ Schatz doch nur für´s Lindalein AN! Und auch der Flügel dürfte in erster Linie dazu da sein, Werke zu spielen, die das Lindalein zur Umkehr bewegen sollen?
Das war die eine traurige Begebenheit. Die Andere war, daß Onkel Dölein am Telefon erzählte, daß der Opa gerad so stark verfallen würde.
Buz war müd, und so gingen wir alle zu Bett.

Samstag, 25. März 2000

Sehr trüb. Nachmittags prasselnder Regen

Ich lobe einen Aspekt des väterlichen Zweiges der Familie: Nämlich die sehr freundliche Neigung, anderen ganze Melodien ins Gesicht zu küssen.
Wie im GEO treffend zu lesen, gibt´s ja in den Familien nicht nur „Unrat im Keller", sondern auch „Gold auf dem Dachboden".
Ming sprach davon, daß es bei Daniel St. und Martin W., einem Gesang & Klavier-Duo, seit drei Jahren keine Entwicklung zu verzeichnen gäbe. Man sei zum Stillstand gekommen.
Das sei aber bei vielen Erwachsenen so, meinte Buz leicht gönnerhaft, so als rechne er sich selber nicht dazu. Umso unverständlicher, daß viele Erwachsene

zu anderen Erwachsenen sagen: „Werd´ endlich erwachsen!"
Doch vielleicht sagen sie es auch nur, damit sie in ihrem Entwicklungsstillstand nicht mehr so einsam sind?

Buz sträubte sich gegen den Psychiaterbesuch, und Ming wurde ganz mürbe, daß der unreife, manipulatorisch veranlagte Buz nie auf seine Worte eingeht, sondern ihn immer auf irgendeinen Seitenkanal festnageln möchte, den Ming doch gar nicht kritisiert!
Dann sprachen die Herren über Übgewohnheiten, und Buz sagte einfach über mich: „Die Kika z.B. spielt nur durch, und macht sich gar keine Gedanken über die Musik!"
„Das ist eine unglaubliche Dreistigkeit dererlei zu behaupten!" polterte Ming.

Allerdings wurde für Ming heut ein Traum wahr:
Um 17 Uhr waren wir mit der Luisa im Teehuus verabredet.
Buzen ist die hübsche Luisa auch nicht ganz gleichgültig, so daß er ihr zu Ehren extra in eine schicke neue Hose stieg.
Vor der Teestube waren wir zunächst noch im Auto gefangen, da ein Duschregen mit Hagelbröseln niederging.
Doch dann kamen wir mit schmatzenden Sohlen rechtzeitig dort an.

Die Luisa wartete bereits auf uns, und am Tisch wurde zunächst ein wenig politisiert.

Die Luisa ließ durchschimmern, daß in der Schule <u>zu</u> viel über die Nazizeit geredet wird, und die Schüler verschlössen mittlerweile ihre Ohren davor.

Sie wolle damit ja nicht sagen, daß man diese düstere Episode der deutschen Geschichte unter den Tisch kehren solle, doch man solle Maß halten.

„Das Mittelmaß ist ja das Maß aller Dinge!" sagte ich, und benützte hierzu Worte von der Löffler Irmi aus einem Polt-Sketsch, um bei politischen Diskussionen nicht immer stumm wie ein Fisch dabeizusitzen.

„GeNNNNAU!" sagte die Luisa in rührendem Eifer.

Abends:
Ming kam und kam nicht nach Hause, und ich machte mir die größten Sorgen. Dann kam er aber doch.

Sonntag, 26. März

Bräunlich trüb. Hi und da Regen. Am Abend sah´s aus, als wären die Wolken zur Seite gerollt worden.
So, als habe der liebe Gott zum heil´jen Petrus gesagt: „Nun laß mal gut sein, Junge!"

Ming telefonierte mit Rehlein, und es knisterte förmlich vor Interessanz, weil mal wieder psychologisiert wurde. Stolz konnte Ming nach all seinen Überredungskünsten berichten, daß Buz bereit sei, mit Rehlein zur Paartherapie zu gehen, auch wenn er es unreif mit den Worten umrankt habe, daß er „den Spaß mal mitmachen würde". Rehlein wiederum denkt natürlich händereibend, wie es Buzen dann aber von Seiten des Psychologen her „gegeben" würde! Doch Ming redete so einfühlsam und nett darüber, daß es um solcherlei doch gar nicht ginge!

Ich besuchte Frau Kamp, die direkt hinter dem kleinen Edekalädchen in der Oldersumer Straße wohnt.
Frau Kamp hatte sich schon so auf mich vorgefreut, daß sie bereits im Regen vor dem Hause stand, als ich eintraf. Oben in ihrem geräumigen Wohnzimmer hatte sie bereits den Teetisch für zwei Damen gedeckt, und durch jenes große Fenster, dem ich als Sitzende leider den Nacken zukehren mußte, konnte man sehen, wie der Regen auf die Dachterasse prasselte.
Ich erfuhr, daß der einzige Sohn von Frau Kamp, Axel, der im Jahre 1962 geboren wurde, nun schon seit fast 20 Jahren unter der Erde liegt. (Ein tragischer Motorradunfall.) Im Jahre 1976 wurde Frau Kamp mit 49 Jahren ein letztes Mal völlig ungeplant Mutter: Iris.

Der Mann von Frau Kamp wiederum starb vor drei Jahren an Krebs, und leider wurde ich nicht schlau daraus, was dies wohl für ein Mensch gewesen ist?
Frau Kamp selber ist ja von Kopf bis Fuß auf Klassik eingeschworen, was auch ihre kleine CD-Sammlung bewies, doch ihr Mann hieß das nicht gut, und hörte seinerseits nur Schnulzen.
Von ihrer Tochter Iris bekam Frau Kamp zum Geburtstag netterweise eine Karte zum Konzert mit Anne-Sophie Mutter im Kieler Schloß geschenkt, und diese Karte stand nun blickansaugend auf einem kleinen Wandtischlein.
Früher haben die Ehemänner Frau und Kinder verdroschen und sich gar nichts dabei gedacht, weil man allgemein annahm, dies sei die Norm.
Frau Kamp erzählte, wie sie von ihrem Vater so oft verdroschen wurde.
Nie hatte sie sich etwas sehnlicher gewünscht als ein Klavier, und zu ihrem 3. Geburtstag bekam sie tatsächlich ein kleines Spielzeugklavier geschenkt.
Sie freute sich so sehr darüber, daß sie es sogar mit ins Bett nahm. Dadurch, daß sie ja Geburtstag hatte, kam auch der Vater ins Zimmer, um gute Nacht zu wünschen. Aber das Klavier nahm er ihr bei dieser Gelegenheit wieder weg und sagte: „das gehört nicht ins Bett!" Dann nahm er es mit hinaus, um es in der Küche aufzustellen, so daß man als Hausfrau ausrufen möchte: „Das gehört nicht in die Küche!"

Ich überlegte, ob ich Frau Kamp zum Abschied wohl umarmen solle? Es nicht zu tun wäre mir so gleichmütig und unpersönlich erschienen. Doch wer hätte gedacht, daß sich die einsame alte Dame so darüber freuen würde? Sie umarmte mich ganz fest, und gebrauchte in ihrer stammeligen Rührung Worte wie diese hier: „Ich bin ja so was an verknallt in Sie!"

Die „Lindenstraße" nahm ich zusammen mit Buzen ein. Ich schreibe so darüber, als sei es eine Medizin, und tatsächlich ist das ja unser Lebenselixier.

Gerswinds Mutti, Frau Uszkureitis, geschiedene Olthoff, so erfuhren wir, verkauft das Haus, und zieht nach Süddeutschland.

Montag, 27. März

Grau

Das Dumme am Zum-Psychiatergang ist, daß man dann nur noch vom Psychiater redet, oder halt psychiatrische Themen anritzt.

Ich dachte darüber nach, daß man es sich doch gönnen oder erlauben sollte, die Verwandtschaft wirklich zu genießen. Etwas, was die Meisten verabsäumen, da sie einander schon so gewohnt

sind, daß sie sich schon gar nicht mehr richtig wahrnehmen. Ich nahm mir vor, Ming, der gerad vom Psychiater heimkehrte sehr herzlich zu begrüßen, so wie er es ja verdient.
So, wie ich ja gestern darüber nachgedacht hatte, Frau Kamp zu umarmen, obwohl eine gute Tat ja eigentlich spontan erfolgen sollte.

„Kikalein!" rief der süße Ming gleich so nett und frühlingshaft aus, als er ins Haus trat.
Ming erzählte vom Psychiater, der mit „Visualisierungen" arbeite. Es sei entspannend, und so manch eine Abnormität löse sich einfach auf.

Rehlein hatte geschrieben:
Sehr warm und sehnsuchtsvoll schrieb Rehlein davon, daß sie an Schnupfen und Depressionen leide, aber dies läge wahrscheinlich daran, daß sie uns so schrecklich vermisst.

Ich lud Buzen ein, mich zu meinem ersten Psychiaterbesuch um 16 Uhr zu begleiten, und der Sitzung beizuwohnen. Ich könnte sagen: „Ich habe meinen alten Vater mitgebracht. Darf er dabei sitzen? Der hört eh nix, und ich lasse ihn nur ungern allein!" und auf diese Weise würde Buz alles mitbekommen, so daß wir hernach bei Tisch noch besser darüber plaudern könnten.

Buz regte an, daß er mich nach Grebenstein mitnehmen, und nächste Woche auf der Heimreise wieder aufpicken könne. Doch heute war mir weniger danach, denn früher, als ich noch jung war, hat die Omi immer nur an mir herumgenörgelt, weil sie mich anders haben wollte. Sie hoffte, ich wäre ihr später dankbar für die harte Hand, bzw. natürlich mein Mann wäre ihr dankbar, daß sie mich so gut zu einer taugsamen Ehefrau zurechtgeformt habe, die geradewegs aus dem wunderschönen fünfziger Jahre Buch „die deutsche Hausfrau" entstiegen ist – und jetzt beim Drübernachdenken, würde mich der Gedanke, so zu werden, tatsächlich reizen.

Den Opa hat Buz gerne kritisiert, aber bei der Omi wiegelte er ab, weil es ja die Seine ist, die in seiner Erinnerung immer sehr „vernünftig" war.

Im Combi kauften wir Kinder das Journal „Psychologie heute", und brachten es Buz als Gastgeschenk mit.

Beim Psychiater mußte ich berichten, was mich zum Psychiater führt? Ich erzählte von meinen Wahnblasen im Gehirn, die unentwegt aufblubbern, und mich sehr an einer geschmeidigen Lebensführung hindern. Ferner dem von Rehlein ererbten Dalton- und Katherlischensyndrom, und der Mischung aus krankhafter Ordnung und krankhafter Unordnung. Krampfhaft versuchte ich psychiaterbedürftig zu

scheinen, und der Psychiater Herr Alting lauschte mir in jener Art, als sei das Daltonsyndrom ein allgemein feststehender Fachbegriff – und dabei haben wir selber dies wenig erforschte Leiden doch so benannt.
Herr Alting erlaubte sich nur eine Bemerkung über mich: Daß ich immer alles den Anderen zum Gefallen tue?
Später scherzte ich Buz und Ming an: „Ich gehe ins Fitnesstudio und zum Psychiater um Ming einen Gefallen zu tun, spiele Geige um Buz einen Gefallen zu tun, und nun tue ich mir selber einen Gefallen und koche Tee!"

Abends molestierte ich Buz beim Üben, weil im Radio Schumanns erste Symphonie lief.
„Die müssen wir nun hören!" rief ich aus, „und deine Violine schweige mal kurz!"
Doch wir fanden die von Christian Eschenbach dirigierte Symphonie so behäbig.

Dienstag, 28. März

Gelbstichig grau

Der umsichtige Ming hatte sich heute einen Termin beim Jörg geben lassen, wo seine Zähne profes-

sionell geputzt würden. Die Sprechstundenhilfe in der Praxis, wo ja Jörgs Mitarbeiter, Herr Marung derzeit sturmfreie Bude hat, da der Jörg selber in Norwegen ist, erinnert Ming so an Evelyn Hamann, und ich imitierte Evelyn H. gleich zwiefach, wie sie mit den Patienten am Telefon sprechen würde, und sah ihr törichtes, empörtes Gesicht, das „urig" aussehen soll, dabei so überdeutlich vor mir.
Ich erzählte Ming wie ich dort anrufe: „Ich möchte bitte Herrn Heinrichs sprechen!" sage ich, und parodierte gleich wie Evelyn H. künstlich und langsam sagt: „Das ist ganz und gar unmöglich! Der Chef ist in Norwegen!" und wie ich dann sagen will: „Das kann nicht sein. Ich habe ihn eben vor fünf Minuten auf der Straße gesehen. Also kann er nicht in Norwegen sein. Erzählen Sie mir doch bitte keine Märchen!"

Beim Brötchenfrühstück mit Buzen sprachen wir über die Problematik, wenn ältere Herren junge Frauen heiraten. Etwas, was ich ja gestern am Beispiel von Klaus-Jürgen Wussow in der *„Aktuellen"* gelesen habe. „Zuerst läuft alles bestens. Doch dann kommt der Hormonknick!" berichtete ich naseweiß. Buz münzte diese Worte gleich auf Ming, und meinte, daß Ming sich mit der Heiraterei beeilen müsse.
Da fiel mir auf, daß man immer Andere braucht, über die man reden, oder sogar lästern, und somit das ganze Autobiographische mithineinpacken kann,

und ein guter Psychiater würde zu Buzen nicht sagen"…das tut hier nichts zur Sache. Es geht hier nur um Ihre Person!" sondern: „Wir reden jetzt nicht über Sie, sondern einfach über einen typischen 62-jährigen Herrn!"

Buz und Ming erzählten, daß sich der Fritzi für den Größten halten würde! Ich tat aber das, was im GEO indirekt empfohlen wurde: Fritzis Verhalten positiv umzudeuten. Schließlich ist der Fritzi ja der Einzige, der weiß, <u>wie</u> grandios er wirklich spielt.
Wenn er nämlich allein zu Hause zu seiner Violine greift, nachdem die Tür hinter dem letzten Besucher ins Schloß gefallen ist. Dann legt er eine Schallplatte mit Mendelssohns Violinkonzert auf, und spielt auf den Flügeln der Muse getragen mit, und man glaubt kaum, wie schön es ist, da er sich und seine Gaben ohne kritische Hörer völlig befreit entfalten kann!
Ming hat sich heute kostenlose Testkontaktlinsen anpassen lassen und war so begeistert, daß er Buz beim Mittagessen missionieren wollte, von der Brille auf Kontaktlinsen umzusteigen. Buz argumentierte aber nur dagegen, es ging sehr laut zu, und ich sagte treffend, daß es so schade sei, daß das letzte gemeinsame Mittagessen von einem Kontaktlinsenzwist umwoelkt wäre. (Ein kleines Wortspiel, da nämlich die Kontaktlinsenfirma „Woelk" heißt.)
Buz wollte eine Trumpfkarte ausspielen und frug Ming: „Und warum trägst duu dann keine Kontaktlinsen?"

Doch Ming trug ja welche.

„Wooo?" frug Buz einfältig.

Dann war ich mit Ming allein, und unterhielt den süßen Schatz: Ich erzählte, wie ich dem Psychiater erzähle, daß ich eine Abschiedsneurose habe. Sogar beim allmitternächtlichen Zu-Bettgangs-Abschied denke ich beständig: „Das war jetzt nicht herzlich genug!" und wenn ich dann nochmals ins Zimmer eines Familienmitglieds gehe, um den Gute-Nacht-Kuß noch ein wenig nachzubessern, so sagt der solcherart Beküsste womöglich leicht gereizt: „er war herzlich genug!" so daß ein schaler Nachgeschmack bleibt.

Dann erzählte ich Ming, wie ich mir noch etwas ausgedacht habe: Wie Buz & Rehlein zur Ehetherapie gehen. Der Psychiater brummt ihnen eine Hausaufgabe auf: Sie sollen eine Woche lang die Rolle tauschen. Buz muß den Haushalt besorgen und Rehlein darf sich derweil behäbig auf dem Sofa fleezen – bloß muß Rehlein die Kontrolle für diese Woche außen vor, und Buz frei schalten und walten lassen.

Nur ans Telefon darf Rehlein gehen, und wenn jemand sagt: „Ich hätte gern den Herrn König gesprochen!" dann solle Rehlein sagen: „Der Herr König bin diese Woche ich. Wir haben nämlich die Rolle getauscht!"

Ming las mir seinen persönlichen Brief an die Linda vor, und ich fand ihn so rührend.
Ich erfuhr, daß die Probleme, die Ming mit dem Lindalein hat, doch viel massiver sind, als angenommen. Ming leidet daran, daß sie nur noch Höflichkeiten austauschen!

Viel zu früh waren wir am Bahnhof Leer. Wir saßen noch kurz in dem schönen, neuen Ashramscafé, und plauderten weiter über die Probleme der Liebe.
Der Kaffee, zu dem ein nicht ungut schmeckender Keks gereicht wurde, schmeckte exzellent.
„Eine völlig neue Kaffeehauskonzeption!" rief ich geradzu schwärmerisch aus.

Bald darauf rollte der silberne Zug ganz überpünktlich ab, und entsog mir Ming.
Ich vermisste Ming unendlich.

Mittwoch, 29. März

Weißgrau

Abends holte ich unsere neue Kölner Freundin Frau Kamp zu einem Abendessen bei uns ab. Interessiert schaute ich drauf, was Buz wohl für eine Wellenlänge zu ihr hat? Eine recht gute, da das gemeinsame Kölsch so verbindend wirkte. Wir beplauderten bei Wein und warmem Brot so alles mögliche. Man sprach beispielsweise über das Kölsche, und die Preise beim „Musikalischen Sommer".

Ich erfuhr, daß Frau Kamp schon einen Selbstmordversuch hinter sich, und somit auch etwas Erfahrung mit dem Psychiaterwesen hat.

Außerdem wollte sie sich einst scheiden lassen. Doch da bekam ihr Mann Darmkrebs, die Ärzte gaben ihm noch ein halbes Jahr, und jemanden so kurz vor seinem Exitus mit einer Scheidung zu belasten, empfand Frau Kamp als unmenschlich. Er lebte dann allerdings noch 41 Jahre lang, und als er dann verstorben und begraben war, da war Frau Kamp für einen Neubeginn zu alt.

Am allertraurigsten ist allerdings, daß Frau Kamp so einsam ist, und ihre älteste Tochter Heidi, die in der Emder Straße wohnt nicht einfach so besuchen darf, weil es der Schwiegersohn nicht will. Schon gar nicht ohne Voranmeldung!

Dann spaßten wir noch über die Fettweg-Kapseln die in der Zeitung so verheißungsvoll angepriesen wurden.

Donnerstag, 30. März

Weißwölkig und unauffällig

Am Morgen hatte ich mich schon auf einen Tag als Normalo gefreut, denn Teile meiner diversen geistigen Leiden sind ja seit dem Psychiaterbesuch am Zerfleddern – und zwar all jene die ich angesprochen habe.

Ich bin es noch nicht so gewöhnt, E-Mails zu schreiben, und schrieb Rehlein von meinem Gefühl, daß alles was man in einer E-Mail schreibt irgendwie so klingt wie von jemandem, dessen Deutsch, bedingt durch einen längeren USA-Aufenthalt einen „Stich" bekommen hat.

Einmal rief der Thomas aus dem Büro der Landschaft an. Man brauche dringend ein Foto Buzens.
Kurz und gut: Ich radelte schnell in die Musikschule um Buz zu fotografieren. Buz stak aber gerade abwesenheitsbedingt überhaupt nicht in seinem Zimmer. Stattdessen saß der kleine Sebastian, der immer so einen erstaunten Ausdruck auf dem Gesicht trägt, am Klavier und fingerte vor sich hin.
Im Sekretariat griff ich Buzen auf, und schoss einen ganzen Fotohagel auf ihn ab. Buz sah sehr süß aus durch die Kameralinse.

Der Thomas hatte gemeint, es könne ruhig auch ein älteres Foto sein, und davon erlaubte ich mir einen kleinen Scherz, und trug ein Foto, das Buz als Einjährigen zeigt hinauf in den 3. Stock der Landschaft. Der Thomas war leider nicht da, aber Conny und Dirk lachten darüber.

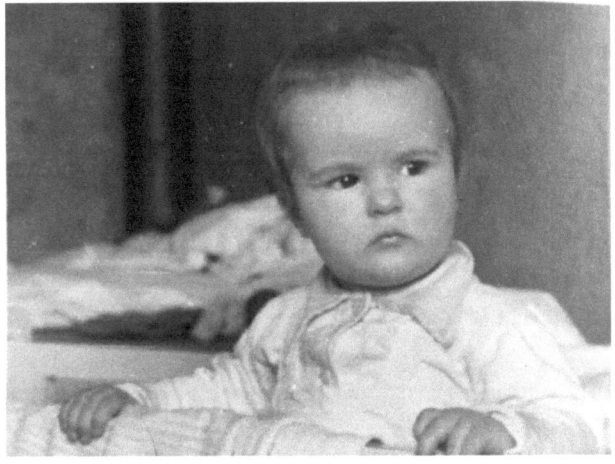

Am Abend, kurz vor seiner Abreise, war der süße Buz so unglaublich nett, daß ich ihn geradzu wahnwitzig liebte. „Mein süßes Kikanüdelchen!" sagte er warm und umarmte mich innig.

Leider mußte man lesen, daß auch die dritte Ehe vom Wussow gescheitert ist.

Freitag, 31. März

Grau

Das freudige Gefühl von neulich, geistig wieder normal zu sein, war leider nur von kurzer Dauer.

Draußen ist es immer so kalt.
Bis jetzt ist das Jahr 2000 weder wetterlich, noch sonstwie ein besingenswertes Jahr, so finde ich.

Im Supermarkt ist es dann immer ganz warm, und wenn ich den Einkaufswagen durch das Portal ins Geschehen hineinschiebe, erfasst mich ein freudiges Gefühl des Behagens.
So, wie Gidon Kremer sagt „Oase Lockenhaus", so sage ich „Oase Supermarkt".

Buz rief aus Trossingen an. Nur *ein* Brief, über ein Konzert von dem ich ohnedies schon wußte, war gekommen.
Sonst nichts!

Personenverzeichnis:

Alting, Herr, Psychiater in Aurich (Geburtsjahr unbekannt)
Amrei, ehemalige Schülerin Buzens (*1963)
Andi, Onkel mütterlicherseits in Brandenburg (*1949)
Antje Poppinga, gruselige Frau in Ostfriesland (Geburtsjahr unbekannt)
Backe, Herr, wahrer Freund in Aurich/Ostfrsl. (*1938)
Barbara, (*1966) Helferin und Unterhalterin von Omi Ella
Basse, Frau, Kulturmäzenin in Ostfriesland (*1950)
Baumfalks, innig geliebte Familie in Ostfriesland
Bloser, Wolfgang, mein ehem. Klavierlehrer (*1947)
Bogdanovitsch, Frau, Cafeterienbedienstete der Musikhochschule Trossingen (*1950)
Buz, unser Papa (*1938)
Böhler, Familie in Aurich
Böhmert, Weltverbesserer und Jünger vom Opa (Geburtsjahr unbekannt)
Christiane, Zahnarztgattin (*1965)
Creitz, Bratschenprofessor in Trossingen (Geburts-jahr unbekannt)
Daaje, (*1994) älteste Tochter von Mings Exe **Gerswind,** (*1964) Mings Exe
Degerlocher-Oma, (1886-1968) Rehleins Oma mütterlicherseits
Derdak, Frau, Frau in Ofenbach (Geburtsjahr unbeannt)
Derdak, Herr, Gassigänger mit Pelzhaube in Ofenbach, (Geburtsjahr unbekannt)
Dietrich, Wolfram, Klavierlehrer in Aurich (Geburtsjahr unbekannt)
Dirks, Heino, Geistlicher in Norden/Ostfriesland
Dölein, (*1936) Onkel mütterlicherseits in Florida/USA

Eberhard, (*1947) Onkel väterlicherseits in Berlin
Edith, mütterliche Freundin in Grebenstein (*1942)
Ella, Oma väterlicherseits (*1913)
Feli, Tochter von meiner Freundin Ute in Rottweil (*1996)
Franz, treuer Jünger Buzens aus Taiwan (*1968)
Franziska, (*1949) Augenärztin in Baden-Baden, Schwester von unserer besten Freundin Veronika
Friedel, unser Vetter (*1962)
Fritzi, (*1970) Ehemann von Mings Exe Gerswind
Gahl, Professor, Celloprofessor in Salzburg (*1938)
Geringas, David, Solocellist im NDR Hamburg. Geburtsjahr unbekannt
Gerswind, (*1964) Exe Mings
Göhler, Christoph, Gärtner in Aurich/Ostfrsl. (*1939)
Golischewski, Frank, Kabarettist (*1960)
Greta, kleines Mädchen in Ofenbach (*1994)
Grootheer, Herr, Reformhausbesitzer in Aurich (Geburtsjahr unbekannt)
Gunnar, Schüler Buzens (*1966)
Han-Lin, Schülerin Buzens und Primgeigerin im „Jadequartett" (*1974)
Hamann, Prof., Celloprofessor in Trossingen (*1935)
Hampel, Michael, Gitarrist in Trossingen (*um 1961)
Hartl, Nachbar und Pferdefarmbesitzer in Ofenbach (*um 1955)
Heifetz, Jascha, weltberühmter Geiger (1901 – 1987)
Heike, Georg und Brigitte, befreundetes Ehepaar in der Eifel (Er *1933, Sie *1944)
Heiko, liebster Freund in Aurich (*1961)
Heiner, Vetter in Bonn (*1962)
Heinrichs, Zahnarztfamilie in Aurich
Herberger, Rolf, Komponist in Baden-Baden (*1908)
Herwig, Cellist in Wien (*1963)
Hess, Sebastian, Cellist (*1971)
Hikaru, Nachbar in Trossingen, Posaunist (Geburtsjahr unbekannt)

Hilde, (*1964) Exe Buzens
Himstedt, Mutti, (*1924) Mutter von unserer Freundin Veronika
Hock, Wolfgang, Pionier auf dem Gebiet der Orchestermusikerschulung
Hubert, (*1961) Mann von meiner Freundin Ute in Rottweil
Hügler, Walter, ehem. Dirigierprofessor in Trossingen (Geburtsjahr unbekannt)
Isabella, (*1992) Tochter von unseren besten Freunden, den Baumfalks in Aurich
Jennylein, Kusine in Kanada (*1975)
Johann, (*1994) Kleinkind in Aurich
Johannes, (*1993) mein Patenkind
Jörg, Zahnarzt in Aurich (*1964)
Kadda, (*1971) Cellistin aus meinem Streichquartett
Kamp, Frau, (*1927) Freundin in Aurich
Kastner, Frau, Nachbarin in Ofenbach (Geburtsjahr unbekannt)
Kebap, Professor, Musikgeschichtsprofessor in Trossingen (*1953)
Kehrwald, Frau, Lehrerin in Trossingen (*1947)
Kionczyk, Frau, (*1919) alte Dame in Grebenstein
Kirchers, Kärntner-Familie mit drei musikalischen Söhnen.
Kim, Maria, (*1977) koreanische Studentin Buzens
Kroath, Dr., gesichtslos gebliebener Arbeitgeber in Wien
Korhammer, Frau, sehr nette Bedienstete in der Cafeteria der Musikhochschule Trossingen (*um 1937)
Kumpfert, Hans, Klampfenspieler (Geburtsjahr unbekannt)
Leslie, (*1970) Ehefrau von unserem Vetter Friedel
Linda(lein), (*1973) unsere Kusine
Marfa, (*1992) Töchterlein vom Nick, dem Cellisten aus Buzens Streichquartett
Melzer, Omi, alte Frau in Aurich (*1933)
Messlinger, Spezi Buzens aus der Vergangenheit

Messner, Frau, alte Dame, die im Erdgeschoss in unserem Haus in Trossingen lebte (1909 – 1991)
Meyer Frau, Reinmachefee in Aurich (*1935)
Meyer, Herr, Gärtner in Aurich (*1930)
Ming, mein Bruder (*1964)
Mireille, haljapanische Freundin in Frankfurt (*1966)
Mobbl, Omi mütterlicherseits (1910 – 1999)
Moni, (*1964) Ehefrau von unserem Freund Heiko in Aurich
Nick, (*1967) Cellist im Streichquartett von Rehlein und Buz
Nicko, (*1957) Student und Spezis Buzens
Nicole, (*1971) Studentin Buzens
Omar, (*1972) der Neue an der Seite von Buzens Exe Hilde
Opa, (*1909) Opa mütterlicherseits in Niederösterreich
Otten, Familie, die in Aurich gegenüber des Unsrigen lebt
Petra, (*1971) Studentin Buzens
Pickers, Mutter Martha (*1932) und Tochter Johanna (*1964) in Linz
Ramon, Cellist aus Riga (*1962)
Rehlein, unsere süüüßeste Ma (*1939)
Reichmanns, Ehepaar, das man beim Spazierengehen am See in Trossingen kennengelernt hat (Er *1928, Sie *1931)
Reimer, Direktor der Musikhochschule in T. (*1941)
Reimich, Frau, Reinmachefee in Grebenstein (*1958)
Rosalie, (*1999) mein ofenfrisches Patenkind
Samohyl, Franz, (1911-1999) Violinprofessor in Wien
Schang-Song, Korrepetitor am Klavier in Buzens Violinklasse (Geburtsjahr unbekannt)
Scherabons, Familie in Ofenbach: Vater Roland (*1960), Mutter Barbara (*1961) Tochter Greta (*1994)
Schmidt, Kantor, Kantor in Aurich/Ostfrsl. (Geburtsjahr unbekannt)
Schüt, Herr, (*1917) Herr in Aurich/Ostfrsl.

Sellheim, Prof. (*1939) Gastprofessor aus den USA in Trossingen
Simone, Studienkollegin in Trossingen (*1975)
Sprongl, Rosa, Komponistengattin aus Mödling bei Wien (*1908)
Thomas, (*1968) Manager vom Festival „Musikalischer Sommer in Ostfriesland"
Tobias, (*1972) der Neue an der Seite von Buzens Schülerin Petra
Tone, (*1962) Adelsmann und lieber Freund in Ostfriesland
Uhlenbruck, Direktor der Musikakademie Kassel (Geburtsjahr unbekannt)
Uschilein, (*1946) böse Exe vom Onkel Eberhard
Uta, Tante väterlicherseits (*1936)
Ute B., liebe Freundin in Rottweil (*1966)
Ute M., liebe Freundin in Winnenden (*1963)
Valerie, Studienkollegin in Trossingen (*1964)
Vengorov, Maxim, weltberühmter Geiger (*1974)
Waldemeyer, Herr, Nachbar in Aurich (*1922)
Wandel, Waldemar, Klarinettenprofessor in Trossingen (*1929)
Weinert, Axel-Olaf, Sägemörder aus Celle (Geburtsjahr unbekannt)
Weitz, Dieter, Lehrbeauftragter für Cembalo in Trossingen (Geburtsjahr unbekannt)
Wenzl, Karl, Klarinettenlehrer und Stammtisch-bruder in Rottweil (Geburtsjahr unbekannt)
Wussow, Klaus Jürgen, bedeutender Schauspieler, u.a. „Dr. Brinkmann" in der „Schwarzwaldklinik" (*1929)

Rehlein mit ihrem älteren Bruder Dölein
im Spätsommer 1943 am Bodensee

Wenn Dir das Buch nicht gefallen hat,
so sage es mir.
Wenn doch, so schicke mir ein paar Sterne!
Daaaaaanke!
(Inspiriert durch Worte im REWE Grebenstein)

Und weiter geht´s im nächsten Band…

Erscheint am 2. August 2020